悪夢の身代金

木 下 半 太

悪夢の身代金

目次

サンタクロースは、四回、ベンツに轢かれる。

二つのプロローグ

十年前　十二月二十四日

七歳のクリスマス・イヴ。里崎知子《さとざきともこ》は有頂天だった。

大好きなパパと二人きりで、梅田にアニメ映画を観に行った。本当はママと弟と四人で過ごすはずだったけど、弟が風邪を引いたのだ。おかげでパパを独占した上に、阪急百貨店で、クリスマスプレゼントまで買ってもらった。弟には悪いけど、神様に感謝した。

紫色のダッフルコート。

今までは、洋服はママが買ってくれていた。ピンクや赤の女の子らしい色ばかりだった。

「知子はかっこいいから、こんな色も似合うな」

パパは、知子のことをいつも「可愛い」と言わずに、「かっこいい」と褒《ほ》めた。

「可愛い女の子はそこら中に溢《あふ》れてるけどな、かっこいい女の子はなかなかおらへんやろ」

パパは、知子を褒めるとき必ず頭を撫《な》でてくれた。叱りつけるときもそうだ。テレパシーでも送るように頭に手を置き、知子の目をじっと見つめる。知子は、この時間が最高に好きだった。たとえ、叱られたとしても、新聞記者として忙しく全国を飛び回っているパパが、知子だけを見てくれるのが嬉しかった。

パパは世界一、かっこいい。昔、野球をやっていたから肩幅も広いし、顔はビールのCMに出ている髪の毛の量がやたらと多くて顔が濃い俳優さんに似ている（ママは、昔はもっと男前だったといつもぼやいているけど）。

買ってもらったばかりの紫色のダッフルコートを着て、パパと手をつないで歩いた。パパが黄色のダッフルコートを着ていたので、親子の色合いもバッチリだ。知子は鼻歌でクリスマスソングを奏でるほどご機嫌だった。マライア・キャリーの『恋人たちのクリスマス』。知子は歌も踊りも大好きで、将来はアイドル歌手になりたいと真剣に夢見ていた。弟のプレゼントもクリスマスケーキも買ったし、喫茶店でクリームソーダも飲んだし、あとは弁天町の自分の家に帰るだけだ。

大阪環状線の大阪駅のホームで、内回りの電車を待っていた。

知子は弟のプレゼントを左手で持ち、パパはクリスマスケーキを右手で持っていた。もちろん、二人は空いた手をつないでいる。

まだ、夕方だというのに酔っ払いがいた。見るからに大学生の若い男の人で、パーティの帰りなのか、緑に金色の星を鏤《ちりば》めた三角帽を被っている。大学生は、一人では立っていられないほどフラフラだった。

「危ないな」パパが眉をひそめて呟いた。

内回りの環状線がホームに差し掛かったとき、大学生が何を勘違いしたのか、脇目もふらずに歩き出した。

落ちる！

誰かが叫び、本当に大学生は線路に転落した。電車のブレーキ音がホームに響き渡る。

パパは、知子の頭にそっと手を置いた。いつものように、優しく。じっと目を見つめ、「動いたらあかんよ」と言った。そして、クリスマスケーキを知子に渡し、線路へと走った。知子を一人ぼっちにして。

約束通り、動かなかった。

パパが、大学生をホームへと抱え上げた。見ている人たちの歓声が、悲鳴になる。知子の目の前で、パパは電車の下敷きになった。

知子は、クリスマスケーキを落とした。足下でケーキがぐしゃりと潰れる音がした。

最高に幸せなクリスマス・イヴが、一瞬で悪夢に変わった。

神様は、何て意地が悪いのだろう。

一年前　十二月二十四日

「お前が〝赤鼻のルドルフ〟なんだな」

元田章一《もとだしょういち》は、吊り橋の中央で、銃を構えながら言った。

長野県軽井沢。降り注ぐ激しい雨が、山肌の雪を溶かしている。二日間降り続いた雨のせいで川の流れが激しく、ごうごうという大きな音の中で元田は声を張り上げた。風で吊り橋が揺れ、足下が不安定だ。両手でしっかりと銃を固定し、目の前にいるピエロの額に照準を定めた。顔と手が凍てつくほど冷たいが、震えるわけにはいかない。

ピエロは無表情だった。

いや、笑ったかもしれない。濃いメイクのせいで人相はまったくわからなかった。

黄色いアフロのカツラに黒いハット、右目には星形、左目の下には涙の絵が描かれていて、鼻は赤い玉で隠れていた。ダボダボの衣装を着ているので痩《や》せているのか太っているのかも判別できない。馬鹿でかくてカラフルな蝶ネクタイに、黒いジャケット、赤と白のストライプ柄のパンツ。先が尖《とが》ったヒールのある靴を履いているので、正しい身長を目測できない。ピエロは元田より大きいが、実際はもっと小柄な可能性もある。

それに、白い手袋を両手にはめているので、〝手の表情〟も見えない。手は、色んな情報を与えてくれる。性別、職種、健康状態を推測する材料になるのだ。

「その子を離せ」

元田は、慎重に一歩踏み出した。ピエロが、ぐったりとした男の子を肩に担いだまま一歩下がる。男の子は眠らされているのか、さっきからまったく反応がない。緑色のセーターに赤と黒のチェックのパンツを穿《は》いている。

吊り橋がまた揺れた。

クソッタレが。照準が合わねえ。

元田は、二十五年間の刑事生活で、発砲したことは一度しかなかった。その一回も、逃走する犯人に向けての威嚇射撃だ。

せっかく誘拐を阻止したのに、男の子を傷つけるわけにはいかない。

男の子の父親は、業界二位を誇る建築会社の社長だった。去年、経済誌が発表した日本の富豪の百位以内にランクインしている。毎年クリスマスには、軽井沢の別荘に子供たちの友達を招待してパーティを開いていた。

今、ピエロの腕の中にいる男の子の名前は、奏太《そうた》君。来年の春から小学生になる幼稚園児だ。今年の父親からのクリスマスプレゼントは、青いランドセルだった。

まさか赤鼻のルドルフが、ピエロの扮装でクリスマスパーティに紛れ込んでいたとは。本物のピエロの派遣アルバイトは、別荘に来る途中、何者かにうしろから殴られて意識を失い、病院に搬送されていた。その情報を知り、元田は別荘に駆けつけたのだ。ピエロが別荘から奏太君を抱えて逃げ出したのを元田は見逃さなかった。

ルドルフというのは絵本に出てくるトナカイのことだ。有名なクリスマスソングの元にもなっている。

誘拐犯・赤鼻のルドルフの正体は、未だ摑《つか》めていない。わかっているのは極悪な誘拐犯ということくらいだ。毎年、クリスマス前後に子供を誘拐し、その子の親にクリスマスカードを送り付ける。

《憐れな僕にもプレゼントをください　赤鼻のルドルフ》

身代金をプレゼントしてくれ、というわけだ。わかっているだけでも、赤鼻のルドルフは、五年連続で金持ちの子供を誘拐し、三度成功して身代金をせしめている。すべて、子供は無事に返された。

ところが今年は違っていた——。

奏太君の父親は、誘拐予告のクリスマスカードを「単なる嫌がらせだ」と言って真に受けず、警察の反対を押し切ってパーティを決行していた。

元田は、捜査班から無許可で外れ、刑事の直感を信じて単独で軽井沢にやってきた。赤鼻のルドルフを逮捕するためなら、すべてを犠牲にするつもりだった。

元田にも家族はある。一つ年上の妻、二十歳と十五歳になる二人の息子。四人家族だ。

だが、ここ何年間かはまともに話をしていない。我が家に、元田の居場所はなかった。

「諦めろ。もう逃げ道はないぞ」

だが、ピエロに諦める気配はない。

「次は撃つ」元田は腹を括《くく》った。「奏太君を離せ」

ピエロが、今度は、はっきりと笑みを浮かべ、奏太君を高く持ち上げた。

やめろ！

元田が言葉を発する前に、ピエロは何の躊躇《ちゅうちょ》もなく奏太君を川へと投げ落とした。激しい濁流が、あっという間に奏太君を飲み込む。元田は、一瞬、思考能力を失い、その場に立ち尽くした。吊り橋の上で振り返ると、ピエロが背中を向けて走り去っていくところだった。

元田は、その背中に向けて発砲した。

ダメだ。パニック状態だし吊り橋は揺れているし、命中するわけがない。

一《いち》か八《ばち》か、やみくもに連射した一発が、ピエロの左肩に命中した。だが、ピエロはよろめいただけで、また走り出す。

元田は吊り橋の柵を越え、川に飛び込んだ。あまりの冷たさと流れの速さに大量の水を飲み、泳ぐどころか、溺《おぼ》れないようにするだけで精一杯だった。

奏太君の手が、一瞬だけ水面に浮かんだ。元田は必死に手を伸ばしたが、あと数センチのところで見えなくなった。

そんな……。

濁流よりも激しい絶望が、元田の全身を襲った。

第一章　女子高生は身代金を運ぶ

1　十二月二十四日　午後三時

ベンツに轢《ひ》かれる寸前だったウチを助けてくれたのは、サンタクロースだった。

正しくは、ベンツに轢かれそうになったとき、サンタクロースのコスプレをしたおじさんに突き飛ばされた。

その衝撃で、手に持っていた袋からプリンが飛び出した。デザートに食べようと思って、タカシマヤのデパ地下で買ったばかりの《パティスリーモーン》のミルクプリン。

今日は、月に一度の〝プリンを食べてもいい日〟だった。正確に言うと、急遽《きゅうきょ》〝プリンを食べてもいい日〟にした。今年の四月一日から始めたダイエット（親友のパピ子には「どうせエイプリルフールやろ」と言われた）の掟《おきて》は、なんとか守り続けている。

ああ、愛しのミルクプリン。プリンの表面のふわふわホイップにチョコレートで女の子の顔が描かれていて、とても可愛い（しかも、デコレーションの二つの苺がリボンの形にカットされている）。ホイップの下には苺のスライス、その下に本命のミルクプリン、器の底には甘酸っぱい苺ソース。最近のウチのプリンランキング堂々一位に輝くプリンなのに……。

アスファルトに直撃し、器が割れて、プリンはご臨終。

オーマイガー。

ウチ、里崎知子は、絶望とともに心の中でシャウトした。十七年間の人生で、二番目に最悪なクリスマス・イヴだ。

神様が意地悪なのは、昔から知っている。

一時間前、彼氏にふられた。

もっと詳しく言うと、親友のパピ子に奪われた。彼氏が浮気をしているのは薄々勘づいていたけれど、よりによって相手がパピ子だったなんて。ショックのあまり、プリンの包みを片手にフラフラと歩いていたら、御堂筋《みどうすじ》の横断歩道でベンツに轢かれそうになったというわけだ。

完全にボーッとしていたつもりはない。いくらショックな出来事があっても信号は守る。信号無視をしたのはベンツのほう。ただ、横断歩道上でいきなり立ち止まったウチも運が悪い。

足を止めた理由は〝ベップ〟を目撃したから。

信号が変わる寸前に横断歩道を横切った白いミニバン。その後部座席に、あの北別府保《きたべっぷたもつ》が乗っていて、ビックリして心臓が破裂するかと思った。黒いニット帽を深く被って、黒縁の眼鏡をかけているけれど、あの横顔は間違いなくベップだ。今日の昼、長居スタジアムで日本代表とJリーグ選抜のクリスマスのチャリティーマッチがあったし（もちろん、ブルーレイで録画している）。なんば駅の近くで、スタジアム帰りっぽい、日本代表のサムライブルーのユニフォームを着た人たちを何人か見たし。

　サッカー日本代表の守護神、北別府保はウチのアイドルだ。全国のサッカーファンやマスコミからベップという愛称で呼ばれている天才キーパー。闘志溢れるスーパーセーブで、日本代表のピンチを救う姿を幾度となくテレビで観て、ウチは胸をときめかせてきた。短髪で野性的な顔。眉毛と不精髭が濃いのに加えて、背が高いし肩幅が広いから、周りの女子は「熊みたいやな」と言っているけど、ウチのタイプのど真ん中だ。髪の長さも体重も女子と変わらない男性アイドルたちにはまったく興味なし。モヤシやえのきやゴボウしか入っていない寄せ鍋に食欲が湧かないのと同じだ。やっぱり存在感のあるお肉がないと物足りない。ちなみに、ドイツの強豪チームで活躍するベップの勇姿を観るためだけに、ウチは小遣いを叩《はた》いて《スカパー！》に加入した。

　そんなことよりも……今、めっちゃ、恥ずかしいねんけど。

　御堂筋の真ん中で大の字でうつ伏せになったウチは、失神したふりをしようかと真剣に悩んだ。

　なんばマルイの斜め前。人通りも多い。ダッフルコートを着ているとはいえ、制服のスカートが短いから、アスファルトに転んだ拍子にパンツが見えたはずだ。街に溢れるカップルたちに笑われるぐらいなら、このまま救急車で運んで欲しい。

iPodのイヤホンが外れ、斜め前の歩道沿いの携帯ショップから、山下達郎のお決まりのあの曲が聞こえてきた。

早く夜更け過ぎになって、雨は雪になって、ウチのこの醜態を隠して欲しい。雨は降ってないけど。

悲しい。あまりにも悲しい。青春真っ盛りの女子高生やのに、なんでこんな日にアスファルトとキスせなあかんねん。

この怒りは、サンタクロースにぶつけてやる。

ウチは、膝《ひざ》の痛みに堪《た》えながら立ち上がり、振り返った。

えっ？　マジ？

サンタクロースが、頭から血を流して倒れている。右足の膝から下が変な方向に曲がっているし。

もしかして、死んでんの？

一瞬で、目の前の景色が灰色になる。サンタクロースの服もアスファルトに流れる血も御堂筋を彩るクリスマスのイルミネーションも、みんな色を失った。まるで、古い映画の世界に放り込まれたような気分だ。その映画は、ハッピーエンドではない。登場人物たちは誰も救われない――。

いわゆるトラウマが引き起こす、パニック障害だ。最近は減ったけど、ウチの場合、死に関する出来事を目《ま》の当たりにするとスイッチが入る。目眩《めまい》や吐き気は起こらない。涙が出てくるわけでもない。誰もいない暗い映画館に一人で座り、自分が主演するモノクロ映画を観ているかのような感じがするだけ。十年前のクリスマス・イヴに、目の前でパパを失ってから時々起こる症状だ。

「助けてくれ」

呻《うめ》き声が聞こえた。

サンタクロースが、体を小刻みに震わせながら、ウチに向かって手を伸ばしてきた。

い、生きてるやん！

景色が、すべてフルカラーに戻った。サンタクロースの服は赤く、アスファルトに流れる血はそれよりやや暗い赤で、イルミネーションはキラキラと輝きを取り戻していた。

「大丈夫ですか」ウチは、右足を引きずって、倒れているサンタクロースに駆け寄った。

「た、助けてくれ」

サンタクロースの顔は、白いつけ髭と白いつけ眉毛と額から流れる赤い血で覆われているから人相はよくわからないけど、思ったよりも若そう。たぶん、三十代前半だ。微《かす》かに、高級な香水の匂いがする。

「今、助けますね。救急車を呼びます」

「やめてくれ」

「えっ？」

サンタクロースは泣いていた。目も真っ赤に染め、ハラハラと大粒の涙を零《こぼ》している。

「でも、早く病院に行かないと」

「……む、娘を助けてくれ」

どういうこと？　娘さんも車に轢かれたの？

辺りを見回しても被害者はサンタクロースしかいない。

運転手もいなかった。ベンツの運転席のドアが開けっ放しになっている。人を轢いて逃げるなんて信じられない。

野次馬たちの態度も信じられなかった。遠巻きにウチとサンタクロースを眺め、誰も近寄ってこようとはしない。スマートフォンのカメラで写真か映像を撮っているカップルまでいる。轢かれた男がサンタクロースのコスプレをしているせいで、現実味を薄めてしまっているのだろうか。

なによ、コイツら。どこまで他人事《ひとごと》やねん。

『知子だってそうじゃん』

パピ子の声が聞こえたような気がした。彼女は、遠慮なくウチにダメ出しをしてくる唯一の親友だった。

ちなみにパピ子は、小学生のときに東京から引っ越してきたから東京弁だ。大阪の小学校では、東京弁はからかわれる対象になるけれど、なぜかウチとは馬が合った。本当の名前はマミコ。パピ子はウチが名付け親だ。

『昨日までの自分を思い出しなよ。恥ずかしくなるでしょ』

うるさい。わかってるわ。

友達は普通にいるけれど、深くまでは踏み込まないのがポリシー。他人が困っている姿を街で目撃しても、積極的に手を差し伸べようとはしてこなかった。だって、本人にとったら、ありがた迷惑かもしれないし。

『家族との関係はどうなの。ママとは仲直りした？』

またパピ子の声だ。ちなみに、ママとの関係は最悪だ。ママとは一年間も口を利いていない。

『まだしてないんだ。相変わらず、意地っ張りだね』

余計なお世話や。今は人助けをしてんねんから、あんたはどっか行って。人の男を寝取っておいて、何を偉そうなこと言ってんのよ。

「娘さんはいませんよ」

ウチは、パピ子の声を頭から振り払い、サンタクロースを安心させるように言った。

「ここにはいない」サンタクロースが、ウチの腕を掴み、懇願するような目を向けた。「誘拐されたんだ」

「はい？」

今、誘拐って言った？

「身代金を奴に届けないと、娘は殺される」

「はい？」

今、身代金って言った？

「僕の代わりに、君が身代金を運んでくれないか」

サンタクロースは、上着のポケットから自分のスマートフォンを出し、ウチに渡した。

「えっ、えっ、ちょっと待ってや。意味がわからんねんけど」

スマートフォンの待ち受け画面は、幼稚園の制服を着た可愛らしい女の子の写真だった。

おさげの髪で黄色い帽子を被り、ニッコリと笑ってピースサインをしている。

「犯人からはこの電話にダイレクトメッセージで指示が入る。これは犯人から渡されたものだから他の人間のメールや電話は入ってこない」

サンタクロースの目の焦点があっていない。今にも意識を失いそうだ。

「無理やって。なんで、ウチが身代金なんか運ばなあかんのよ」

ウチまで泣きそうだ。膀胱がきゅっと縮こまり、オシッコが漏れそうになる。

「頼める人が君しかいないからだ」

「警察に頼んだらええやんか」

「警察に連絡したら、娘が殺される」

「そうかも知れんけど……」

オーマイガー。

全国どこにでもいるような女子高生にとって、あまりに荷が重過ぎる大役だ。

「あれを持って、御堂筋を北に向かってくれ」

サンタクロースが、脇に転がっている白い大きな袋を指した。子供たちへのプレゼントが入っている、サンタクロースのお決まりアイテムだ。袋の口は、緑色のロープが巻かれ、固く閉じられている。

「何が入ってんの」ウチは、恐る恐る訊いた。

「身代金だ」

「マジで？」

サンタクロースが、両手でウチの右手を握りしめた。びっくりするほど温かい手だ。

「ありがとう」

待ち受け画面の女の子とそっくりな笑顔を浮かべると、そのままサンタクロースは意識を失い、アスファルトに倒れ込んだ。

勝手に、気絶せんとってよ！

ウチは、スマートフォンをサンタクロースの上着のポケットに戻し、その場から立ち去ろうとした。

今の話は聞かんかったことにしよう。娘を誘拐された父親の代わりに身代金を運ぶなんて、ありえへん。他人の人生に、深く関わっちゃダメだ。この十年間、ずっと自分に言い聞かせてきた。

簡単だ。サンタクロースから離れ、遠巻きに見ている野次馬の中に入ればいい。傍観者になれる。会ったこともない女の子が、どこかの悪党に無残に殺されてしまうとしても、それが運命だったということだ。だいたい、自分の娘が誘拐されているというのに、車に轢かれそうになった他人なんか助けるから、こんな目に遭うのだ。

ウチはパパと違うねん。

赤の他人を助けるために、自分の命を捨てることなんてできない。赤の他人が助かったとしても、自分が命を失ってしまったら、自分の大切な人たちを悲しませることになるってことを、パパはどうしてわからなかったのだろう。

でも、ウチが死んだら、泣いてくれる人なんているんやろか。

唯一の親友のパピ子には裏切られたばかりだし、生意気な弟は最近色気づいてきたからムカつくし、北新地で水商売をやっているママは世界一嫌いだ。

ウチは、アスファルトに落ちている自分のリュックサック（《ＯＵＴＤＯＯＲ》の、ピンク地に黒のドット柄のお気に入り）とｉＰｏｄを拾い、イヤホンを耳に差した。アレサ・フランクリンの『ナチュラル・ウーマン』がかかっている。ウチの一番好きな曲だ。アレサの声は、ウチの魂を摑んで離さない。自分の葬式には、この曲を流してくれとパピ子にお願いしていた。アデルが歌っているバージョンもたまらなく好きで、毎日、ユーチューブで観ては涙ぐんでいる。

千日前通《せんにちまえどおり》の方向から、救急車のサイレンが聞こえてきた。同時に、パトカーのサイレンも重なってくる。

なぜか、体が勝手に動いた。

ｉＰｏｄのイヤホンを抜き、サンタクロースの側《そば》にしゃがみ込む。上着からスマートフォンを取り、大きな白い袋を担ぎ上げた。ズシリと重い。もし、これがすべて身代金だとすれば相当な額になる。

「ウチに任せて。娘さんは絶対に助けるから」

ウチは、目を閉じているサンタクロースにそう告げ、御堂筋を北へと走り出した。

2

十二月二十四日　午後三時十五分

ウチは、震える指でスマートフォンを操作する。
《御堂筋から道頓堀《どうとんぼり》へ右に曲がってください　赤鼻のルドルフ》
犯人からの指令。これで四度目だ。素早く《わかりました》と打ち返す。
一度目の指令は、身代金が入った白い袋を引き受けて走り出した途端、スマートフォンにダイレクトメッセージで入ってきた。
《初めまして、お嬢さん。身代金を梅田まで徒歩、もしくは全速力で運んでください　赤鼻のルドルフ》
背筋が凍った。赤鼻のルドルフっていったら、まだ捕まっていない、手配中の有名な誘拐犯だ。全国的なニュースになっていたから、テレビを観ないウチでも知っている。たしか、去年のクリスマスに軽井沢かどこかで五歳の男の子が誘拐されて、その子は殺された。

今年も、クリスマスに誘拐？　その身代金をウチが運ぶの？　それに、《もしくは全速力》って何よ。結局、走るしかないやんか。

頭がクラクラして、吐きそうになってきた。恐ろしいことに、このメールを見る限り、ウチがサンタクロースから身代金を運ぶ役を引き継ぐところを、犯人は見ていたってことになる。

赤鼻のルドルフが、大阪にいる。

この瞬間もウチを見張っている。

真冬だというのに、全身から汗が噴き出した。ウチが身代金を運ぶのに失敗すれば、誘拐された少女が殺される。サンタクロースのおじさんが警察に通報しなかった理由が、これでわかった。相手は実際に子供を殺したことのある凶悪犯なのだから。

二度目の指令は、千日前通で信号待ちをしているときだ。

《僕の指令には必ず従ってくださいね、お嬢さん。まずは、ベンツに轢かれたサンタクロースと僕のダイレクトメッセージのやりとりの履歴を、読まずに消去してください　赤鼻のルドルフ》

今回のメッセージには、写真が添付されていた。女の子の顔写真。口にガムテープを貼られ、目をパンパンに腫らしている。頰には、幾筋も涙の跡があった。指令に従わなければ、この女の子がもっと酷い目に遭う。

ウチは、言われたとおり、犯人とサンタクロースのやりとりをすべて消去した。読みたかったけど怖くて読めなかった。どこからか、強い視線を感じたからだ。

千日前通の横断歩道を渡ったあと、三度目のメッセージが入った。

《僕の指令には必ず返事をしてくださいね、お嬢さん　赤鼻のルドルフ》

オーマイガー。

ウチは、逃げ出したい衝動と懸命に戦った。強い怒りが全身にみなぎり、意思とは裏腹に足が進んでいく。踏み出すたびに、担いでいる白い袋が肩に食い込んだが、痛みも重さも感じない。右足の痛みもどこかに飛んでいった。たぶん、脳からアドレナリンがドバドバと出ているんだろう。

なんでウチは、こんなことをしてるんやろ？

自問しながら、御堂筋の歩道を右に折れた。

道頓堀だ。

クリスマス・イヴだけに、人が溢れている。カップルだけじゃなく、同伴中のキャバクラ嬢やキャッチのホスト、忘年会のサラリーマンやＯＬ、コンパの学生やアジア人の観光客。

ウチは、人波の間を泳ぐように抜けて、ＴＳＵＴＡＹＡの前に出た。左手には戎橋《えびすばし》。さらに、人の量が増える。すれ違う人が、次々とウチの肩にぶつかっていく。制服の女子高生がリュックサックを背負いながらもサンタの白い袋を担いでいる違和感に、誰も気づかない。

左手に持っているスマートフォンが、バイブ機能で震える。

《ドン・キホーテに向かってください　赤鼻のルドルフ》

不可解な指令に、胸の奥がキリキリと痛む。

道頓堀沿いにドン・キホーテがある。戎橋の途中から黄色い観覧車が見えるが、大阪人なら誰でも、あの観覧車がドン・キホーテの観覧車だということは知っている。乗ったことはないけれど。

ウチは、戎橋を渡り、右手にある階段で道頓堀の川沿いの遊歩道へと降りた。

さすが、クリスマス・イヴだ。こんなロマンチックのかけらもない場所でも、腕を組んだカップルたちが（中には堂々とキスしている猛者《もさ》までいる）、所狭しとイチャついていた。

身代金が詰まったこの重い袋を振り回して、こいつらを道頓堀に落としてやりたい。

嫉妬ではない。邪魔だからだ。

ふられたばかりの彼氏とパピ子のことは、もうどうでもよくなった。誘拐された女の子が、恐怖に怯《おび》えているのに、そんなくだらないことにかまっていられない。

だからといって、ウチを突き動かしているのは正義感だけではなかった。自分でもよくわからない。もっと、根本的なもの。

　否が応でも、パパのことを思い出す。

　パパの葬式で、ウチは泣かなかった。

　体が粉々に張り裂けるぐらいに悲しいのに、一滴も涙が零れない。

　隣に立ってたママはくずおれるほど号泣し、四歳の弟は、ママの背中にしがみついてわんわんと声を上げた。ほとんどの参列者たちも、「立派な人だった」と言っては泣いていた。

　新聞記者が自らの命を犠牲にしてホームに転落した大学生を救ったニュースは、美談として全国的に伝えられたので、葬儀場の外にはテレビカメラやレポーターが集まった。

　遺影の写真は、ウチの好きなパパじゃなかった。パパはもっとかっこいいし、優しく笑ってくれる。

　どうして、ウチを一人ぼっちにしたんよ？

　パパが返事をしてくれるはずないとわかってたけれど、何度も訊いた。

　ウチはドン・キホーテの入口で、寒さに震えながら犯人の指令を待った。持っていたホッカイロも冷えてきた。

犯人は、どこから、こっちの動きを確認しているのだろう。犯人本人か、もしくはその仲間が確実にウチを尾行している。ドン・キホーテを背にし、目だけを動かして怪しい人物がいないか見回した。こっちが犯人を探しているとは悟られたくない。

色んな人間がいる。みんなそれぞれ、自分の人生を生きるのに精一杯に見えた。

戎橋の上で、サンタクロースの帽子を被った若い男がポケットティッシュを配っている。他にもサンタクロースの格好をしている人があちこちにいた。轢かれたおじさんがサンタクロースの格好をしていたのは、きっと、警察を混乱させるための犯人の指示だ。

カラオケ店の看板を持った着ぐるみのトナカイまでいた。ここからでも、《歌い放題》という文字が見える。

世の中、色んな仕事があるんやなあ。クリスマス・イヴにトナカイの着ぐるみの中に入っている人って、一体、どんな寂しい人なんだろう。

そういうウチも、クリスマス・イヴに身代金を運んでる、寂しいどころかブルース・ウィリスみたいに危ない女子高生やねんけど。

ウチは、他人のために命を投げ出したパパを誇りに思っていた。

『だけど、憎んでるんだよね。パパのせいで家族がバラバラになったから』

また、パピ子との会話を思い出す。休み時間や放課後に、よく相談にのってもらっていた。

バラバラになったんは、パパのせいだけとちゃうよ。

『でも、専業主婦だったママが、知子と弟君を育てるために水商売を始めたのが、バラバラになった原因じゃん』

しゃあないやん。時間の融通が利いて、給料も高い仕事となると、かなり限られてくるんやから。

当時のママは二十代後半で、まだ美しかった。昼間は、弁天町の近所にある関西スーパーでレジを打ち、夜は北新地のクラブのホステスをしていた。帰宅したママの体や服から漂う酒とタバコの臭いが大嫌いだった。その臭いのしみついてしまった家に帰るたびに吐きそうになっていた。

『自分の食費や生活費が、男たちのスケベ心で賄われている事実が許せないんでしょ』

パピ子はいつも、痛いところを突く。だから、こっちも本気で相談できたんやけど。

そうや。許せへん。

ウチが、中学を卒業したとき、ママは北新地で店を構えた。そんな資金を自前で用意できるわけがない。

『間違いなくパトロンがついているよね。金持ちをゲットしたんじゃない？』

思っていても口に出せないことをずばりと言ってくれるパピ子には、ムカつくことも多かったけど楽になれた。

今、ママが他の男と寝ているのも、昔パパが、見知らぬ酔っ払いの大学生を助けたからだ。パパが死ななかったらママは専業主婦を続けていて、ウチがこんなに嫌いになることもなかったはずなのに。

去年のクリスマス。ウチとママは些細《ささい》なことで喧嘩をした。生まれて初めてママを泣かせてしまった。どうやって謝ればいいのかわからなくて、それからずっと、家の中でも顔を合わせるのを避けている。

左手のスマートフォンがブルリと震えた。

《サンタクロースの衣装を購入してください　赤鼻のルドルフ》

ウチもサンタにならなあかんの？

犯人の意図が、まったく読めない。

たまたま、昨夜、ユーチューブでマライア・キャリーを観た。『恋人たちのクリスマス』のPVで、マライアはサンタのコスプレをしていた。あの頃のマライアは抜群に可愛かった。今は激太りしたり痩せたりして大変そうだけど。

どうせサンタのコスプレをするなら、恋人のためにしたいわ。なんで、誘拐犯に見せなあかんのよ。

《わかりました》
ウチは、犯人に返事をし、大股でドン・キホーテに入った。
調子に乗んなや、赤鼻のルドルフ。

3　十二月二十四日　午後三時三十分

ドン・キホーテの店内で、身代金の袋を背負いながら泣きそうになった。

サンタクロースの衣装はどこにあるねん……。

ここには一回しか来たことがないので（それもパピ子の付き合いだ）、何が何だかわからない。あらゆる商品が所狭しと積み上げられてるので、ドンキ初心者のウチにとってはジャングルに迷いこんだような感じだ。

そもそもウチは、買い物が大の苦手だ。周りの女の子みたいに洋服や雑貨を買うことに、キャアキャアとはなれなかった。ウィンドウショッピングなんて愚の骨頂（見るだけで買わないなんて時間の無駄じゃない？）。唯一、スニーカーを買うときだけはテンションが上がる。今、履いているのはニューバランスのピンク色のハイカットモデルで、レザー素材と、くるぶしに銀色の鋲《びょう》が並んで打ち込まれているロックなデザインが、気に入っていた。急がな。誘拐された少女が待ってる。

ウチは気合いを入れ直し、店内を見渡した。クリスマス・イヴのせいか、元々そうなのか知らないけれど、バラエティに富んだ客層が店内に溢れていた。しかも、ほとんどがカップルではないか。

絵に描いたようなヤンキーのカップルが、腕を組みながらウチの前を塞《ふさ》いでいる。邪魔でしょうがない。

「枕なんてどれも同じやろ。どうせ寝てるねんから違いなんてわからへんやんけ」

ヤンキーカップルの男が、必要以上に大きな声で文句を言った。必要以上のガニ股で歩いている。見事なまでのウルフカットで、後頭部から伸びたカーテンみたいな髪の毛先はオレンジ色だった。氣志團がかけるような金色のフレームのサングラスを装着し、グレーのスウェットの上に、背中に犬のイラストが入った赤いスタジャンを羽織っていた。しかも、足下はサンダルだ。

ヤンキー根性で、寒さをカバーしているのだろうか。巷《ちまた》の女子高生が、おしゃれのために寒さを堪《こら》えて制服のスカートを冬でも短くするのと同じ心境か。

「普通の枕ちゃうよ。低反発の枕やで。寝起きが全然ちゃうってテレビで言ってたもん」

ヤンキーカップルの女が、口を尖らせて抗議する。ルックスに似合わず、かなりブリッコで少々驚いた。明らかに自分で染めた茶色の髪はポニーテールにしていて、彼氏と同じ、犬のイラストのスタジャンを着ている。

『ペアルックを恥ずかしいと感じないカップルほど幸せなんだよ、きっと。だって、世界には二人しかいないことになってるんでしょ。他人の目が気にならないんだったらやりたい放題じゃん』

パピ子の持論だ。街でいわゆる〝バカップル〟を目撃するたびに、そう毒づいていた。ウチは、そんなくだらない話をしながらパピ子とマクド（関東の子たちはマックって言うよね）でダラダラと過ごす時間が最高に好きだった。

ヤンキーカップルが去ったと思いきや、またもや個性的なカップルがウチの行く手を阻んだ（というより、ウチの身代金の袋がデカくていちいち引っかかるだけだが）。

竜巻に遭遇したみたいに巨大な巻髪をしたギャルと、人種が判別できないほど肌が黒いヒップホップ系の服装の男が、ウチにぶつかってきた。

竜巻ギャルはクリスマスケーキばりにデコレーションしたネイルを噛《か》みながら、呪文のように「お菓子食べたい。お菓子食べたい。お菓子食べたい」と呟《つぶや》いている。

驚いたことに、ギャルの隣にいるヒップホップの男は、生後半年ぐらいの赤ん坊を抱っこしていた（しかも、抱っこ紐で）。赤ん坊が純日本人の顔なので、ヒップホップの夫も日本人なのだろう（もしくは、ファンキーなベビーシッターかもしれない）。

なんやねん、もう……。

カップルだらけで嫌になる。ふられたばかりの彼氏のことを思い出さざるを得ない状況だ。

元カレの話をしたいんだけれども、あまりにもムカつくから、名前はイニシャルでR・Kとさせてもらう。

R・Kは、ウチより三つ年上の大学生だ。ウチのバイト先のコンビニの向かいにあるTSUTAYAでアルバイトをしている。ウチは洋画が好きでよくDVDをレンタルするし、R・Kも仕事前や終わった後に必ずコンビニに来るので、自然と顔見知りになった。ウチが、TSUTAYAに洋画を借りに行けば、マニアックで面白い作品をたくさん教えてくれた。R・Kは、はっきり言って、ハンサムの部類には入らないけれど、映画の知識の豊富さと、制服で働いている姿（TSUTAYAの制服が似合っていた）にやられて、ウチのほうが先に惚れた。

付き合い始めたきっかけは、今年の七月に、R・Kから「知子ちゃんは、ケビン・ベーコン好き？」と話しかけられたことだ。

好きでも嫌いでもなかったけれど、話を終わらせたくないので、好きだと答えた（ケビン・ベーコンが好きだと言う女子高生はなかなかいないと思う)。

「ケビン・ベーコンは、映画の中でお尻をやたらと丸出しにしたがるねん。知ってた？」

「まじで？　全然気づかへんかったわ」

お尻が見たくて映画を観ているわけではない。でも、そういえば前に観たDVDで、ケビン・ベーコンが透明人間になる作品では全裸になっていたような覚えがある。

「今日、まだ借りるものを決めてなかったら、ぜひ『ワイルドシングス』と『秘密のかけら』にしてみてや」R・Kが、得意げにケビン・ベーコンの出演作を勧めてきた。

どちらとも観たことのない作品だったので、ウチは素直に借りた。たしかに、ケビン・ベーコンは二つの作品の中で尻を丸出しにしていた。

これをきっかけにウチとR・Kの仲は良くなり、何回か映画に誘われて(どれもケビン・ベーコンは出ていなかったけど)、食事をして、「俺と付き合ってくれへん」と、告白された。

ウチに彼氏ができたのは、ケビン・ベーコンのお尻のおかげだ。

R・Kは、一人暮らしだったので、よく部屋まで遊びに行った。DVDを見ながらイチャつき、キスをするのが一番幸せな時間だった。処女を失い、会うたびにセックスをしたけど、まだそれほど良さはわからない。キスのほうが何十倍も気持ちよかった。

いつの間に、パピ子と……。

R・Kの男友達が、パピ子のことを気に入り、ダブルデートでUSJに行ったことはあった。パピ子はウチとバイト先が同じなので、R・Kとよく顔は合わせている。だからといって、パピ子がR・Kのことを好きな素振りはまったくなかった。もしかして、R・Kが一方的にパピ子のことを好きになったのだろうか。

ああ、考えたくないのに、頭の中が壊れた洗濯機みたいにグルグルと回転して止まらない。


「おっ、チャイナ服があるぞ」

男の声で我に返った。

二人ともゆうに四十歳を超えている中年のカップルが、ベタベタとイチャついている。

「君が着てくれたら、きっと似合うな。うん、似合う。買おうか」

ピスタチオみたいに禿げ上がった男が、鼻の下を伸ばす。トム・クルーズしか着ないようなピチピチの革ジャンを、白いタンクトップの上に羽織っている。リーバイスのジーンズもピチピチだ。

「わかんない。着たことないからわかんない」

見事な〝おばちゃんパーマ〟の女が、男の腕を摑みながら体をくねらせる。年甲斐もなくキャメロン・ディアス気取りで、胸が大きく開いた水色のフリフリのドレスに、ゼブラ柄の毛皮のコートを着ている。

チャイナ服？　コスプレ用の衣装を売っているコーナーがあるってことやね。

サンタクロースの服もそこにあるに違いない。

「どいて！」

ウチは熟年カップルを弾《はじ》き飛ばして、熟年トムが指していた方向へと走った。だけど、野球のグローブやテニスラケットやサッカーボールしか見当たらない。

「どこにあんのよ」

舌打ちをしながらスポーツコーナーを抜けると、赤と白のサンタの帽子が飾られているのが目に飛び込んできた。

「あった！」思わず、叫んだ。

他にカツラやドラキュラの牙など、変装グッズも置いてある。一体、どんな人が購入して、何に使うのだろう。

サンタの衣装は男性用と女性用の二種類。男性用はサイズが大き過ぎるから着られない。一方、女性用は超がつくほどミニだ。学校の制服よりも短い。これを着て街中を走るのは、かなり抵抗がある。

気にしてる場合か。たとえパンツを見られたって減るもんとちゃうやろ。

ウチは己に活を入れてミニスカサンタの衣装を摑み、レジへとダッシュした。頭の中で、アレサ・フランクリンの『シンク』を流して、無理やりテンションを上げる。

レジの手前で、奇妙な女とすれ違った。

金髪のおかっぱで左目に黒い眼帯をしている。服装は白いライダースジャケットに、スリムのジーンズ、ヒールの高い赤茶色のウエスタンブーツを履いていた。

ウチ以外にも一人でドンキに来る女がおるねんや。

女は、不気味に近い独特のオーラを醸し出していた。眼帯はファッションなのか、それとも怪我でもしたのか。

豊満な胸の谷間で光るシルバーのネックレスにも目がいった。

カエル？　ファンシー系なやつではなく、クールなデザインだ。目の部分に赤い石が入っている。

そして、店内へと歩いていく女のうしろ姿を見てギョッとなった。ライダースジャケットの背中一面に、サソリが這《は》っていた。さっきのヤンキーカップルのスタジャンとは大違いの、リアルなタッチのイラストだ。

カエルとサソリ？　ウチにはちょっと、理解できないセンスやわ。

女は背筋を伸ばした美しい歩き方で、やたらと体格のいい男を見かけて近づいていった。

……何やんねん。やっぱり男がおるんや。

男の顔を見て、ウチはひっくり返りそうなほど仰天した。

ベップだ。北別府保が、ドン・キホーテで買い物をしている。

4　十二月二十四日　午後四時

ベップのサイン、欲しかったな。

サンタの衣装を買ってドン・キホーテを出たウチは、戎橋へと戻りながらひとりごちた。

すっかり、あたりは薄暗くなっている。もうすぐ、山下達郎の言う〝サイレント・ナイト〟だ（道頓堀は全然サイレントではないけど）。

身代金を運んでいる緊急事態に不謹慎なのはわかるけど、ちょっとだけウキウキした。自分のアイドルに一日で二回も会える機会なんてそうはない。しかも、こんな短時間のうちに。見間違いでも、そっくりさんでもなく、あれは絶対にベップだ。黒いニット帽を深く被って、スーツを着て、黒縁の眼鏡をかけて変装していたが（もしくは、私服？　だったら、イメージと違うのでちょっとショック）。

ああ、せめて握手だけでもしたかった。

それにしても、あの女とベップはどんな関係なのだろう。金髪のおかっぱで眼帯をしていてサソリを背負った女。たしか、ベップには離婚した元奥さんと小学生の息子がいるはずだ。あの雰囲気は妻という感じではなかった。

恋人？　ウチと同じファン？　話しかけられたベップは、周りを気にしながら戸惑った様子だった。何にしろ、ベップにお近づきになれるだけでも羨ましい。

もう、ベップのことはええって。ウチは身代金を運んでんねんで。

気持ちを切り替えた瞬間、腹が鳴った。

しまった。サンタの服を買うついでに、プリンを買えばよかった。

ウチは、ダッフルコートのポケットからスマートフォンを左手で取り出した。右手、というか右肩は、身代金の袋を支えるので精一杯だが、それも限界になってきた。

一体、どれくらいのお金が入ってんねやろ。

『一億円の重さって知ってる？』

パピ子との会話がフラッシュバックする。マクドで暇なとき、クラスで雑学クイーンと呼ばれるパピ子は、よくクイズを出してきた。進学校で有名な女子高の雑学クイーンだから、その知識量は半端じゃない。クイズ研究部からスカウトが来たほどだ（パピ子はダサいから嫌だと断ってたけど)。

『一億円の重さってだいたい十キロなんだって』

この袋は、余裕で十キロ以上はある。

急に現実味が増して怖くなってきた。この重さが、誘拐された少女の命の重さなんだ。

ウチは、白い袋を足下に置いた。右の肩が一気に楽になる。右腕をぐるぐると回し、スマートフォンで犯人にダイレクトメッセージを送った。

《サンタクロースの服を買いました》

女性用のサンタの衣装は一種類しかなかった。サイズが合うかどうか微妙なところだ。

一分も経《た》たないうちに返信が来た。

《今すぐ着替えてサンタクロースになってください　赤鼻のルドルフ》

どこで着替えればええのよ。

『トイレでいいじゃん。心斎橋に行けば、お店がいっぱいあるんだからどこでも借りれるよ』

頭の中のパピ子が、適当なアドバイスをする。

トイレだけ借りるのは厳しいやろ。

『だよね。しかもサンタクロースの格好でトイレから出てくるわけだし』

パピ子が他人事のようにクスクスと笑う。

笑ってる場合ちゃうで。ちゃんと考えてよ。

『パチンコ屋さんのトイレは？　誰でも借りられるでしょ。別にパチンコ打たなくても文句を言われないだろうし』

ウチは未成年やんか！　学校の制服着てんねんで。補導されたらどうすんのよ。

トラブルは絶対に避けなくちゃいけない。ウチが身代金を犯人に届けないと、誘拐されている女の子は助からないねんから。

『じゃあ、ゲームセンターは？　あそこなら高校生がいてもおかしくないでしょ』

十五分後。

ウチは、心斎橋筋商店街にあるゲームセンターのトイレにいた。

これは、おかしいやろ。

洗面台の鏡に映る自分の姿を見て泣きそうになる。赤と白のモコモコ素材の帽子。丈の短い上着。ミニスカートからは生足が剝《む》き出しになっている。制服を着てたときのままの紺のニーハイの靴下が妙にエロい。白のストッキングを買うべきだったか。

パピ子なら、『クリスマスイベントの営業に行く、落ち目のアイドルみたいだね』と爆笑する。

脱いだ制服をリュックサックの中に入れていると、洗面台に置いていたスマートフォンが震えた。犯人からだ。

《サンタクロースになりましたか　赤鼻のルドルフ》

さすがにトイレにいる間は、犯人はウチの姿を確認できないのだ。

《今、着替え終わったところです》とすぐに打ち返す。

犯人は姿を見せないウチに焦《じ》れているのか、レスポンスが早い。

《ゲームセンターを出て、心斎橋筋商店街を梅田方面へと向かってください　赤鼻のルドルフ》

ウチがゲームセンターに入るとこを見たってことは、やっぱり近くにいるのね。ていうか、梅田まで走るの？

立て続けにメッセージが入る。

《身代金をネコババしないように。天知る地知る。悪事は必ずバレますよ　赤鼻のルドルフ》

「はあ？　なにいってんの、こいつ」

思わず、声に出してブチ切れた。こいつにだけは言われたくない。

『カリカリしちゃダメだよ、知子。どんなときもかっこよくしなさいが、パパの口癖だったんでしょ』頭の中のパピ子が、宥《なだ》めてくれる。

そんな言葉、とっくの昔に忘れてた。

『だから、思い出させてあげたの。知子は大事なことほど忘れっぽいから』


パパの口癖は三つあった。

「腹八分目」と「歯を磨いたか」と「どんなときもかっこよくしなさい」だ。

ウチが家の鏡の前でダンスの練習をやっていると、パパはいつも「知子、腹八分目にしろよお」と邪魔をしてきた。「満腹になったら苦しくなって動けなくなるやろ。それと一緒で頑張り過ぎたら怪我すんぞ」

「ほんじゃあ、腹じゃなくてダンス八分目やんか」

ウチは、ダンスを邪魔されてプリプリしながら言い返した。

「ダンスだけとちゃう。なんでもそうや。人生のすべてを八分目で良しとしなさい」

「うん。わかった」

小学校低学年のウチに、人生のことなんてわかるわけがない。面倒臭いから適当に返事をした。

面倒臭いと言えば、パパはウチと弟の顔を見るたびに「歯を磨いたか。本当に磨いたか」としつこく訊いてきた。パパの持論は「歯の頑丈な者は幸せになれる。長生きしているお年寄りは肉を食っている」だ。ウチと弟だけじゃなしに、ママにも「歯を磨いたか」と訊いては、「同じこと何度も言わんとって」と呆《あき》れられていた。

ウチが弟と喧嘩して泣かすたび、パパはウチの頭に拳骨《げんこつ》を振り下ろして言った。

「知子、どんなときもかっこよくしなさい」

パパに頭を殴られた痛みで泣きながら言い返した。

「パパなんか大嫌いやわ！」

「その大嫌いをかっこよく言いなさい」

「意味わからへん！」

「常にかっこよく生きることを選べば、正しい道を歩めるんや。自分よりも弱い弟をいじめることが、かっこええか」

かっこ悪いと思ったから何も言えなかった。

宿題を忘れたり、ママの手伝いをしなくて言い訳したときや、学校に行きたくなくて「頭が痛い」とサボろうとしたときも、パパはウチに拳骨を落として言った。

「知子、どんなときもかっこよくしなさい」

怒ったあとのパパは一段と優しい。ママに内緒で、夕ご飯前に近所の喫茶店にプリン・ア・ラ・モードを食べに連れて行き、喫茶店の帰りには必ずおんぶをしてくれた。

パパの背中は広くて温かくて、世界のどの場所よりも安心できる。

かっこよく、身代金なんて運べる？

『それは知子次第なんじゃない？』頭の中のパピ子が、鏡に映ったウチに言った。『何がかっこよくて何がかっこ悪いか、自分で判断するしかないんだから』

ネコババなんかするわけないやろ！　ウチは、犯人からのメッセージを睨《にら》みつけた。

『知子、こんなかっこ悪い奴に負けないでね』

うん。絶対に負けへん。

気合いを入れて、トイレから出た。ゲームセンターの喧騒が全身に襲いかかってくる。店内は若者で溢れ、ロボットの対戦ゲームや麻雀ゲームに群がっている。どう見てもウチと同世代の男の子たちが、タバコを片手にゲラゲラと笑っていた。

「うおっ。ミニスカサンタや。めっちゃ可愛い」

一人の男の子が、ウチを指差した。他の男の子たちも目を丸くして、一斉に顔をニヤつかせる。

恥ずかしい。顔から火が噴き出しそうだ。完璧なコスプレならまだしも、ピンクのリュックサック（制服を詰め込んでいるからパンパンに膨らんでいる）を背負ってるし、足下はピンクのスニーカーだ。

ウチは早足で男の子たちの前を通り過ぎる。背後から、「俺にもプレゼントちょうだいや」とからかう声がした。

トイレは二階にあった。階段を駆け下り、半分ぐらいまできたところで、一階のフロアに飛び降りる。

一階は、プリクラとUFOキャッチャーで占められていた。客のほとんどが若い女の子たちだ。

そんな中、とんでもない美形の男子が、UFOキャッチャーの前で中腰になってアンパンマンのぬいぐるみを狙っていた。

スペインかどこかのハーフ？

思わず、息を飲むほどのイケメンだった。背が高く、足も異様に長いので、かがんだ姿勢をとっている。幅をとって邪魔で、通ることができない。

「ごめん。どいてくれへん？」

ウチの言葉が聞こえていないのか、イケメン君は無反応で、UFOキャッチャーのボタンを押し続けている。ちょうど、クレーンがドキンちゃんのぬいぐるみを掴むところだ。

「どいて欲しいねんけど」

それでもイケメン君は、真剣なまなざしのまま、微動だにしない。サラブレッドの尻尾《しっぽ》みたいな艶のある栗色の髪、ギリシャの彫刻像のように高い鼻。黄緑色のダウンジャケットに、カーキ色のカーゴパンツを穿いている。年齢は二十歳前後だろうか。ウチのタイプじゃないけれど、ぶっちぎりのハンサムボーイだ。実際、隣のプリクラの二人組のギャルが、さっきからキャーキャー言いながらイケメン君の横顔を見ている。

イケメン君の操作するクレーンが、ドキンちゃんのぬいぐるみをガッチリと摑んで持ち上げた。

「今度こそ頼むぜ」

イケメン君が腰を浮かし、UFOキャッチャーのガラスに顔を近づける。

どんだけ夢中になってんのよ。よほどアンパンマン好きの彼女でもいるのだろうか。

もう少しというところで、ドキンちゃんがアームの間からポロリと落ちた。

「またかよ」

イケメン君がガックリとうなだれる。それでも、UFOキャッチャーの前から離れようとしない。

「ええ加減どいてくれへん。ウチ急いでるねん」ウチは、さっきよりも大きい声で言った。

やっと、イケメン君がこっちを振り向いてくれた。

何よ、コイツ……。

てっきり、どいてくれるのかと思いきや、仁王立ちになってウチの前に立ちふさがる。ダウンジャケットのせいでわからなかったけど、よく見たら凄い筋肉だ。特に胸板の厚さが半端じゃなかった。

「君、名前は何？」

「はあ？」

「僕、椎名《しいな》って言うんだ。よろしく」

イケメン君が、ニッコリと白い歯を見せて、握手を求めて来た。

ウチは、人の心に馴《な》れ馴れしくズカズカと踏み込んでくる〝土足系〟が苦手だ。握手を無視して顔を背ける。

「一目惚れしてもいいかい」

「は、はあ？」

急に何を言い出すねん、こいつは。

「僕のドキンちゃんになって欲しい」

オーマイガー。土足系じゃなくて〝電波系〟やん。

ウチはポカンとして、この椎名という男を見た。ビックリするぐらい目をキラキラさせた王子様フェイスで、ウチを見つめている。

「今日は忙しいからナンパは今度にしてや」

「ナンパなんかじゃない。これは運命だよ。寂し過ぎて死にそうだったこの僕に、素敵なサンタクロースが現れたんだ」

酒に酔ってる？　もしくはクスリでラリってる？　でも、目は正常で、視点は定まっている。

「ウチ、サンタクロースじゃないし」

「じゃあ、なぜ、そんな格好をしてるんだい」

説明できない。

「色々と事情があんの。このプレゼントを早く届けへんと大変なことになるから、早くそこをどいて」

椎名が、さらに顔を輝かせる。「誰に届けるのかな」

「アンタには関係ないやろ」

「ずいぶんと重そうだね。手伝ってあげるよ」

椎名が、ウチの手首を掴んだ。

「離してや！」

「僕に任せて」

「任せられるか！」

抵抗虚しく、凄い力で身代金の袋を奪われた。

「君、何してるんだ。やめなさい。女の子が嫌がってるだろう」

タイミング良く、警備員が椎名の背後から現れた。見るからに柔道でもやってそうな、色黒で逞《たくま》しい中年男だ。

助かった……。もっと早く登場してや。

隣のプリクラにいたギャルたちが、逃げるようにしてその場から離れていった。

椎名が身代金の袋を床に置き、振り返って警備員と向き合う。

「アンパンマンのキャラで何が好き？」

「あっ？　何のことだ」警備員が顔をしかめる。

「僕はばいきんまんにとてもシンパシーを感じるんだ。彼はドキンちゃんのことが好きなのに言い出せないでいるだろ。アンパンマンを倒そうとするのも、愛する人の前で男らしいところを見せたいからなんだ。目的のためなら手段を選ばず努力するしね」

「わかった。話は店の外で聞こう」警備員が呆れた顔で椎名の腕を摑み、引っ張っていこうとする。

「ばいきんまんの台詞《せりふ》で、僕が一番好きなものを教えるよ」椎名が、警備員を振り払い、ホストのプロフィール写真のポーズみたいに両手を広げた。「卑怯は俺様の得意技」

椎名の長い脚が、警備員の股間を蹴り上げる。ふいを突かれた警備員は短い悲鳴を上げて両膝をつき、悶絶《もんぜつ》した顔で股間を押さえた。そして、がら空きになった警備員の顔面を、サッカーボールをロングシュートするみたいに蹴り飛ばす。

顎《あご》が割れる音に、店内が静まり返る。もう誰も、ゲームをしていなかった。ピコピコと機械音だけが鳴っている。警備員の顔は血まみれになり、白目を剥いて意識を失った。陸に打ち上げられた魚みたいにピクピクと痙攣《けいれん》している。

ウチは、圧倒的な暴力の前に、体が硬直して動けなかった。

「さっそくプレゼントを配りにいこうよ」

椎名が、身代金の袋を渡してきた。ウチが袋を両手で受け取ると、強引にお姫様抱っこしようとする。

「ちょ、ちょっと、何すんのよ」

「いいから、僕に任せて。この人みたいに血まみれになりたくないよね」

椎名が、床にぶっ倒れている警備員をチラリと見た。

抵抗できない。この男は、女が相手でも手加減なしで暴力を振るう気がする。

椎名は、ウチと身代金を軽々と抱え上げて歩き出す。ゲームセンターにいる連中は一歩も動けず、それこそ王子と姫を見送る家来のようだ。

連れていかれるウチの耳に、階段の上で騒ぐ男の子たちの声が聞こえた。

「ヤバい。ミニスカサンタが拉致《らち》られたで」

ほんじゃあ、助けてよ。人数がおるのにどんだけ意気地なしやねん。助けんでもええから、警察に電話して……あかん、ウチは身代金を運んでる途中やった。もし、誘拐が発覚したら、少女が殺されるやんか。

悪夢でも見てるんやろか。こんな最悪なことが立て続けに起こるなんて、考えられへん。

「ウチをどこにつれていくんよ」声が震えそうになるのを必死で堪える。

椎名が、ウチの顔の間近でウインクをして答えた。

「僕のお城だよ」

どこやねん、そこは！

5　十二月二十四日　午後四時三十分

「お姫様抱っこはもうええから降ろしてや。大きな声出すで」

ウチは恐怖を押し殺し、なるべく凄んで見せた。

「声が震えてるよ、ドキンちゃん」椎名が歯磨き粉のCMみたいなスマイルで返す。「もし、そんなことしたらお仕置きしちゃうぞ」

この男には、逆らえない何かがある。たぶん、それは無邪気な狂気だ。椎名は、ゲームセンターで警備員の顔面を蹴ったとき、ボール遊びをする少年みたいな顔をしていた。

「ウチは本気やで。今すぐ下ろして」

「わがまま言っちゃだめだよ」椎名が、お姫様抱っこをしたまま、ウチの首のうしろに回している手の指で、ウチの喉《のど》を摘んだ。「君のその美しい声が、二度と聞こえなくなるのは悲しい。同じ過ちを繰り返したくはないんだ」

繰り返す？　どういう意味？

「まさか、他の女の子の喉を潰したことがあるの」

「よくわかったね。さすがドキンちゃんだ」椎名が、嬉しそうに笑う。

オーマイガー。指で声帯を握り潰されるなんて、想像したくない。

「なんで、そんな可哀想なことしたのよ」

「仕方がなかったんだよ」椎名が一転して悲しげな顔になる。子供のように、コロコロと表情が変わる男だ。「僕から逃げようとしたんだ。僕はこんなに愛しているのに」

椎名の全身の筋肉が硬くなる。胸筋が、ウチの体を浮かすほど盛り上がった。

ほんまに狂ってるやん……。

椎名は恐怖で女を支配するタイプだ。今は、怒らせてはいけない。従順なふりを続けていれば、逃げる隙《すき》ができるかもしれない。

御堂筋を渡り終え、アメリカ村へと入っていく。

道路沿いに並ぶ樹々のクリスマス・イルミネーションに照らされて、お姫様抱っこされるなんて（しかも、王子様のような超絶イケメンにだ）、全国の女子が夢見るシチュエーションのはずやのに。

信じられないことに、道行く人たちは、お姫様抱っこされているウチに気づいても、さほど表情を変えなかった。チラリと見るだけで、たいして珍しくもなさそうに、自分の携帯電話をいじりながら通り過ぎてゆく。

さっき、戎橋で見かけたカラオケ店の看板を持ったトナカイの着ぐるみがいた。その看板で椎名を殴って欲しい。

助けて！　そう叫べばいいはずなのに、椎名の指が喉に食い込んで声が出ない。

去年、ウチが一年生のときに、三年生の先輩がレイプされそうになった。

ウチの通ってる高校は天王寺区にある私立の女子高で、大阪でも有名な進学校だ。スポーツも強く、何人ものオリンピック選手を輩出している名門でもある。そんな学校でのレイプ未遂事件だ。かなりの衝撃が走った。

そんなに派手な先輩ではなく、ごく普通の可愛らしい女子高生だった。学校の帰り道に、走ってきたワゴンに連れ込まれ、レイプされそうになったのである。彼女は必死に抵抗し、三人組の男にボコボコに殴られた。レイプこそされなかったが、目の骨が陥没し顎の骨が割れ、指の骨が折れて、入院する羽目になった。もし、男たちがナイフでも持っていれば刺し殺されていたかもしれない。

女は、あまりにも弱い存在だ。腕力では、絶対に男に勝てないようにできている。

じゃあ、何で勝てばいいんよ。

ウチは、ママみたいな生き方は絶対に嫌だ。


「女一人でも生きていけるようにしなさい」

パパが死んでからのママの口癖だ。

ウチが八歳のときから、ママのスパルタ教育が始まった。宿題をするウチの横で、「女こそ学歴で勝負せなあかんの。パパがいなくなってから痛感したわ」とボヤいた。ウチは、毎朝六時に叩き起こされた。ママは北新地のクラブで夜働いているから、ウチの勉強を朝から見る。ウチが眠くて勉強中に船を漕ぐと、容赦なく三十センチのモノサシで手の甲をピシャリと叩かれた。

進学塾にも通わされた。最初はまったく勉強についていけなくて辛《つら》かったけど、塾の同じコースのパピ子と仲良くなり、次第に、授業にも慣れた。塾が楽しくなっていくと、学校の成績もグングンと上がり、ウチももっと賢くなりたいと欲を持つようになった。

私立の中学校に通うか、地元の公立校にするかで悩んだ。家計にそんな余裕がないことはわかっていたけど、パピ子とは離れたくなかった。パピ子の家はお金持ちで、天王寺区にある有名女子高の附属中学に進学を決めていた。

「高校は必ず一流の学校に行かせるから我慢してね」

ママに説得されて、ウチは公立の中学校に通うこととなった。パピ子と同じ高校に行くために、がむしゃらに勉強した。中学の三年間、成績で学年一位の座を誰にも譲らなかった。

パピ子と同じ高校に合格して、ウチはめっちゃ嬉しかった。でも、ママはあんまり喜んでくれなかった。「知子の成績やったら、もっと上のレベルの学校に行けたのに」と悔しがっていた。

そもそもウチが天王寺の女子高を受験すると言ったとき、ママは「友達のために勉強してたの？」と激怒した。「あなたの人生は、あなたのものなのよ」と何度も喧嘩になった。

ウチの人生やったら、ママは口出しせんとって。自分だって全然勉強なんかしなかったんでしょ。水商売でしか通用しない人に言われたくないねん。

最後は、ウチのその言葉でママが折れた。目を真っ赤にして黙り込んだ。それ以来、ママとはギクシャクした関係が続いている。

久しぶりのアメ村だ。

椎名は、アップルストアを通りすぎ、隣のマクドナルドの前も通りすぎて、三角公園の方向へ向かう。マクドから出てきた女子高生たちがウチを見て、「ええなあ」「ワタシらもお姫様抱っこされたいわ」と言って大笑いする。

ほんなら、代わってや！

ウチは椎名の腕の中で、去って行く女子高生の集団を睨みつけた。

今年の春ぐらいまでは、よくパピ子とこの街で遊んだけど、ウチに彼氏ができてから、めっきり来ていない。

「僕のお城までもうすぐだから我慢してね」

椎名が、ウチを労《いたわ》るように優しい声で微笑《ほほえ》む。だけど、指はウチの喉に食い込んだままだ。

どうにかして逃げなくちゃ。三角公園の横に交番がある。このまま真っすぐ行ってくれれば、お巡りさんに助けを求められるんやけど……。

そんなに甘くはなかった。椎名は一つ目の十字路を左に折れた。道幅が狭くなり、右手に雑貨屋や古着屋が見えた。パピ子の付き添いで行った店もある。

このままではホンマにヤバい。絶対に、この状況をどこかで誘拐犯は見ているはずだ。

「アンタ、自分が何をやってるかわかってんの？　思いっきり犯罪やねんで」

「大丈夫だよ。ドキンちゃんが僕のことを愛してくれさえすれば罪にならない」椎名が自信満々で答える。

「アホちゃう。そんなわけないやろ」ウチは吐き捨てるように言った。

「これから始まるのさ」

突然、椎名がウチの唇を奪った。強引なキスだ。

タイミングよく（もしくは悪く）、隣の雑貨屋から、クリスマスの鉄板ソング、ワム！の『ラスト・クリスマス』のイントロが流れて来る。

ふざけんな……。

舌を入れてきたら噛み切ってやろうかと思ったけど、力任せのスタンプみたいなキスだった。両手で突き放そうとしても岩を押しているようでビクともしない。

長いキスが終わった。怒りに入り交じって恥ずかしさが込み上げ、顔が赤くなる。

「な、なにすんのよ」

「もしかしてファーストキス？」椎名が、勝ち誇った顔で見下ろす。

「違うわ」

「あれっ？　ドキンちゃん、泣いてるの？」

「泣くか、ボケ」

ウチのキスはそんなに安くはないんじゃ。

悔しさで目尻に涙が溜まってきたけど、絶対に零してなるものか。

「最高のクリスマスになりそうだね」椎名は、うっとりして空を見上げた。「神様に感謝しなくちゃ。こんな素敵なプレゼントを僕にくれるなんて」

「勝手に人をプレゼントにすんな」我慢できずに、涙が零れた。

「揺れるから、しっかり摑まってね」

今度は、椎名がウチを抱えたまま走り出した。身代金の袋を落としそうになり、慌てて摑み直す。激しく頭が揺れるのと、キスのショックが残っているのとで、頭がボーッとなる。

神社を越えて十字路を右に直進し、ボウリング場を越えて左に折れ、まんだらけを越えて右に折れ、阪神高速の高架が見えてきた。

「お待たせ。着いたよ」椎名が、息を弾ませる。

「ここって……」

ショッキングピンクの卑猥《ひわい》な壁の色が目に飛び込んで来た。パネルに《休憩三〇〇〇～宿泊六五〇〇～》と表示されている。

ラブホテル？　看板に《ドリームキャッスル》とあった。

「ここが僕の夢の城さ」

オーマイガー。椎名は、ウチを犯す気だ。

6　十二月二十四日　午後五時

ウチは、荒々しくベッドの上に放り投げられた。

ラブホテル《ドリームキャッスル》の一室。内装は、白雪姫の世界観で、壁には七人の小人の絵が描かれている。いくら可愛らしいタッチの絵とはいえ、七人の目に見られながらHすることを喜ぶ女の子なんて一握りだと思う。ソファにはリンゴの形のクッション、枕元には巨大なキノコの照明まであった。

馬鹿馬鹿しいインテリアのおかげで、何とかパニックにならずに済んでいた。

どんなときもかっこよくしなさい。

犯されてたまるか。ウチは上半身を起こし、ベッドの脇で優雅にダウンジャケットを脱ぐ椎名を睨みつけた。身代金の袋は、ベッドから少し離れたソファに置いてある。

「怖い顔も素敵だよ、ドキンちゃん」

「そのふざけた呼び方、いい加減やめてや」

「じゃあ、本名を教えてよ」

「教えるわけないやろ」

こんな変態野郎に知子と呼ばれると想像しただけで、全身にサブイボが出る。

椎名が、カーゴパンツのポケットから自分のスマートフォンを出した。

「それもそうだよね」

「写真を撮るつもりなん」

最悪だ。ラブホテルでミニスカサンタのコスプレをしてる姿の写真をネットに流出されたりしたら、人生が終わる。

「違うよ。大事な人にメールをするだけさ」

大事な人？

今からレイプしようとするときに、誰にどんなメールを送るのだろう。何から何までわけのわからない男だ。この部屋の入口でも、ウチを降ろしてドアを開けたあと、誰かとメールをしていた。

メールを終えた椎名が、Tシャツとカーゴパンツを脱ぎ、とうとうパンツ一枚の姿になった。なんと、黄色のブーメランパンツで股間が異様に盛り上がっている。

といいつつ実は、股間よりも上半身の筋肉に目を奪われていた。まるで、プロレスラーかボディービルダーのような体つきだ。肌は白いし顔がイケメンだから、バランスがおかしくて気持ち悪い。特に、腹筋が尋常じゃない。見事に六つに割れている。十キロ以上ある身代金とウチを、何の苦もなくここまで運んで来られたのも納得だ。

「どうして怖くないんだい」椎名が、不思議そうな顔でウチを眺めた。

考えろ。逆転の手は必ずある。

「もっと怯えてくれないとやりがいがないなあ」

「ウチをそこら辺のビッチと一緒にすんな」

「それとも、想像力がないお馬鹿さんなのかな。君は絶対にここから逃げられないんだよ」

このラブホテルの受付には人がいなかった。パネルで部屋を選ぶと、そのまま表示で案内され、出るときに部屋の入口にある機械で精算するタイプのラブホテルだった。こういう場所には、元カレと何度か来たことがある。一番の思い出は、京都に小旅行をしたとき泊まったラブホテルだ。最高にゴージャスで、泡風呂に二人で入った。

そのセピア色の思い出も、あんな別れ方をすればクソ色になる。もし、ここで犯されたら、R・Kを一生恨んでやる。R・Kにふられなければ、プリンを買うこともなかったし、プリンを買わなければあの時間に御堂筋を通ることもなかっただろうし、ベンツに轢かれそうになって身代金を運ぶ羽目にもならなかった。

「すべて運命なんだよ」椎名が、両手を広げてポーズを取った。「僕とドキンちゃんは出会うべくして巡りあったんだ」

運命。

ウチの一番嫌いな言葉だ。

世の中の全部がその言葉で済ませられるなら、何でも我慢しなくちゃいけない。

じゃあ、十年前にパパが酔っ払った大学生を助けようとして電車にはねられて死んだのも運命なの？　ウチと梅田に出かけなければ、パパは死なずに済んだはず？　それとも、もし、弟が風邪を引かず、家族四人でクリスマス・イヴを過ごしたとしても、運命なら、パパは他の事故で死んだってこと……？

九歳のとき、ウチは初めてＤＶＤで『バック・トゥ・ザ・フューチャー』を観たけど、辛くて途中でテレビを消した。過去に戻れるなら、十年前のあの日に戻れるなら、ウチは大阪駅のホームでパパにしがみついて離れない。

どんなときもかっこよくしなさい。

ウチは静かに息を吐きながら、状況を把握した。犯されたくなければ戦うしかない。相手は見てのとおり丸腰だけど、力の差は大人と子供以上にある。まともに戦って勝てるわけがない。武器だ。椎名に致命傷を与えられる武器を探せ。

「そうやね、運命かもしれへんね」

ウチは、椎名を油断させるために全身の力を抜き、観念したふうを装った。

「あれ？　急に素直になったね」椎名が眉をひそめる。

「ウチ、痛いのは嫌いやから。どうせセックスをするなら気持ちいいほうがええし」

髪をかきあげながら言った。わざとらしくならないように、色気を見せろ。でも、色気を出すのってこれで合ってるのか。パピ子からはいつも『知子は女の武器を毛嫌いしてる。可愛いのにもったいないよ』と説教されていた。

たしかにウチは、男をコントロールするために、色気を使う女が大嫌いだ。毎日、派手なメイクでキツい香水をふりかけて仕事に出かけるママを見て、ゲロを吐きそうな気持ちになってるんだから。

ママは、ウチと弟を育てるために、好きでもない男に愛想を振りまいては、相手の財布から金をむしり取ってきた。それが、ママなりの精一杯の戦い方だったんだろうけど。

「いつもこのホテルに女の子を連れ込んでるの」

ウチの唐突な質問に、椎名がわずかな戸惑いを見せる。

「ああ、そうさ。ここは僕の城だからね」

「強引な人やね」

なるべく色っぽく、だ。ちょっとため息がちに、だ。色っぽい女を思い浮かべろ。

だけど、思い浮かべようと思っても、日本人で、参考になる有名人が出てこない。

よく考えたら、ウチはほとんどテレビを観なかった。暇があれば洋画ばかり観ている。たまにテレビをつけたところで、大人数だけが取り柄の十代の青臭いアイドルたちが、ロリコン野郎に向けて目も当てられないダンスと歌を垂れ流してるし、ドラマを観ると、今度はCMタレントが凄腕の女刑事役をやっていて萎《な》える。凶悪犯を追いつめるシーンで、新発売のシャンプーでふんわりした髪を見せられて、どうやって感情移入すればいいのか。

色っぽい海外の女優は誰がいる？　シャロン・ストーン？　古いか……。

元カレのR・Kが言うには、シャロン・ストーンは『氷の微笑』のセクシーな演技のインパクトが強過ぎて、それ以降の作品がパッとしない印象があるけど、実はIQが異常に高いということだった。ウチはその話を聞いて、「頭がいいのにエロいって最強やん」と女として激しく嫉妬した。

よしっ。シャロン・ストーンを見習え。セクシーさで男を惑わせつつ、頭脳で逆転する。

ベッドから立ち上がり、椎名を見つめながらソファへと歩く。お尻を振って色香を醸し出せ。

椎名がキョトンとして言った。「おいおい、どこに行くんだい。せっかくのお楽しみタイムなんだから勝手に動かないでよ」

「あんたに見せたいものがあるねん」

「見せたいもの？」

ウチはソファに腰掛け、ゆっくりと脚を組んだ。そう、『氷の微笑』のあのシーンのように。これにどれほどの効果があるかわからないけれど、チャレンジする価値はある。パピ子が言うには、『男がパンチラに求めてるのはロマンなんだよ。男って、女が無反応なものに、いちいちロマンを感じるからややこしいよね』だ。

「プレゼントの中身を知りたくない？」

ウチは、身代金の入った白い袋をポンポンと叩いた。思ったよりも固い感触がする。

「ふざけるのはよせ」

椎名の笑顔が凍りついた。何かに怯えているような表情だ。

「ふざけてなんかないよ。今日はせっかくクリスマス・イヴやねんから、あんたにもプレゼントあげるやん」

「いらない。欲しいのはドキンちゃんだけだ」

椎名は、さらに動揺して目を泳がせた。ウチの行動が理解できなくて、ビビってる。

勝負はこれからやで。

ウチは、白い袋の口を閉じているロープを解《ほど》いた。

「そんなこと言わずにプレゼントを貰《もら》ってよ。好きなだけあげるからさ」

白い袋の底を持って勢いよく立ち上がり、中身をソファの前にぶちまけた。

金、金、金……。無数の札束が、床を転がっていく。

ウチ、ほんまに身代金を運んでたんや。

事の重要さを再確認したのと同時に、あまりの壮観な眺めに、腰が抜けそうになった。

「な、何を考えてんだよ、君は！」椎名が、いきなりパニック状態になって突っ込んできた。

「し、信じられないよ。めちゃくちゃじゃないか！」

君？　口調まで変わってるやん。

椎名は床にしゃがみ込み、大慌てで札束を掻《か》き集め出した。狂ったレイプ魔も、この金のパワーには圧倒されてしまったのか、我を失っている。

チャンス到来。

椎名は、背中を向けている。

ウチは忍び足でベッドに戻ると、枕元のキノコの照明を手に取り、コンセントを引っこ抜いた。

重い。大きさもボーリング玉ほどある。

これで頭を殴れば、いくら筋肉野郎の椎名でもひとたまりもないはずだ。

死んだらどうしよう。

そのときはそのときだ。こっちはレイプされかかってるんだから正当防衛になるだろう。

ウチは、札束を白い袋に詰め込んでいる椎名の背後にそっと近づいた。後頭部が目の前にある。今まで、何人の女の子をレイプしたか知らないが、みんなの恨みをウチがまとめて返してやる。

ウチは、力一杯、キノコの照明を振り下ろした。

オーマイガー。

鈍い音とともにプラスチックのカバーが粉々に割れた。

手応えありの感触だ。

「なるほど。これを狙っていたのか」椎名が、のそりと立ち上がった。「君は賢いなあ。もっと違う形で出会いたかったよ」

椎名の頭のてっぺんが割れ、ぷしゅ、ぷしゅと血が噴き出している。

「い、痛くないの」

「痛いに決まってるだろ」

椎名が白目を剝き、ドサリと床に倒れて失神する。

やった。ウチ一人で倒した。

ご丁寧にも、床に散らばった札束は、椎名の手で、すべて白い袋の中に戻されていた。

念のため、救急車を呼んだほうがいいだろうか。床にうつ伏せに倒れて、ピクリとも動かない椎名を見て不安になってきた。

――もっと違う形で出会いたかったよ。

椎名の言葉が耳に残っている。

それ、どういう意味なんよ。

人をレイプしようとしておいて、何て図々しい。やっぱり救急車を呼ぶのはやめだ。掃除のおばちゃんが見つけてくれるだろう。

今はとにかく、身代金を運ばなきゃ。誘拐された少女が待っている。ウチは白い袋を担ぎ上げ、部屋を出ようとした。

……なによ、これ。

ドアが開かない。

料金の精算を終わらせないと、部屋から出られないシステムのようだ。大急ぎで、ドアの横にある機械の《精算》のボタンを押すと、五千五百円と表示が出た。

「たかっ！」思わず、口走る。

三十分程度しかいないのに、何のお金だ？　謎のサービス料でも含まれているのか。もちろん、自分で払う気はない。一瞬、身代金から払おうかと思ったけど、やめておいた。これは、誘拐された少女の命の値段だ。一円も減らさずに運ぶ。

ウチは身代金の白い袋をドアの前に置き、部屋に戻った。倒れている椎名の体を飛び越え、脱ぎ捨てられているダウンジャケットを拾い上げる。

頼むから、お金持っててや。

しかし、ダウンジャケットのポケットに財布はなかった。車の鍵とシュガーレスガムとスマートフォンだけ。

でも、ゲームセンターでUFOキャッチャーをやっていたんだから、お金は持っているはずだ。

次はダウンジャケットの横にあったカーゴパンツを探る。うしろのポケットから一万円札と千円札を何枚か挟んであるマネークリップが見つかった。

　ウチはうつ伏せの椎名に一声かけて、マネークリップから千円札を六枚抜いた。残りの金はカーゴパンツに戻す。再びドアの前まで行き、自動精算の機械に千円札を滑り込ませた。

「慰謝料もらうで」

　ガチャリと錠が外れた音がした。

　ウチは、名前も知らない少女にテレパシーを送る。

　待っててね。絶対に身代金を届けて助け出すからね。

　もちろん、超能力なんてないけれど、きっと伝わる。

　ドアを開けて廊下に出ようとしたとき、左足首をうしろから摑まれた。

「どこに行くんだい」椎名が、いつの間にか復活していた。「大人しく待っていてくれなきゃ困るよ」

　ジェイソンかよ！

　ウチは自由な右足で、四つん這いの椎名の顔を蹴ろうとしたけど、いとも簡単に、その足も摑まれた。ヤバい。両足を封じられて動くことができない。

「ベッドに戻ろうか」

　椎名が、ウチの両足を持ちながら、おもむろに立ち上がった。あっという間に逆さに吊り上げられる。

「やめろや！　離せ！」血が逆流し、頭に血が上る。

「いくら叫んでも無駄だよ。この部屋は防音がしっかりしてるから」

椎名は、カジキマグロを釣ったあとの記念撮影みたいにウチを持ち上げていた。

ヤバい。今度こそ犯される。

「誰か、助けて！」

神様、こんなときこそ何とかしてよ。

ウチの叫びを待っていたかのようなタイミングでドアが開いた。

「その子を離せ」

男の声。都合良く、ヒーローが現れた。

天と地が逆さまになっているウチは、ヒーローが誰なのか、すぐにはわからなかった。黒いスーツに黒いコート。黒いニット帽に黒縁の眼鏡。この黒尽くめの服装は、たしかドン・キホーテで見た……。

神様が用意したヒーローは、ありえない人物だった。

オーマイガー。なんでベップが登場すんのよ。

ミニスカートが重力の法則に従ってまくれ上がり、パンツが丸見えの状態のウチは、絶句した。

7　十二月二十四日　午後五時三十分

何で、ここにベップがおるの？

視界が逆さまなので気づかなかったけど、よく見ると、木でできた持ち運び用の看板を持っている。チラリと《歌い放題》の文字が見えた。

カラオケ店の看板？　さっき、アメ村でトナカイの着ぐるみが持っていたやつだ。

ピンチのときに憧れの人が助けに来てくれる。乙女的観点からすれば最高のシチュエーションだけれど、ビックリし過ぎて素直に喜べない。しかもこんな場所でこんな格好やし……。

ベップは、ウチがレイプされそうなことをどうやって知ったん？

わけがわからない。一体、何が起きればこんな状況になるのだろう。

「正義の味方の登場だね」

椎名は、なぜか嬉しそうに笑い、ウチをぶら下げたまま後退《あとずさ》る。

「その子を離せと言ってるだろ」

ベップが、カラオケ店の看板を構えながら距離を詰めてきた。

「僕からドキンちゃんを奪う気なんだ」

「早く離せ、この野郎」

「わかったよ」

部屋に戻った椎名が、ハンマー投げみたいに、ウチをベッドの上に放り投げた。

どこまで乱暴やねん！

右の足首に激痛が走る。投げられたときに、変な方向に曲がった感触があった。

「有名人なのにトラブルに首を突っ込むんだ」椎名が、からかうように言った。「マスコミが嗅ぎつけたら盛り上がるね」

「うるせえ」

ベッドの前で、椎名とベップが睨み合っている。一触即発の状態だ。

「もうサッカーができないようにしてあげるよ」

「黙れ！」

ヤバい。ベップが怪我をする。ドイツでのリーグ戦がまだ残ってるのに。

ゲームセンターで警備員が椎名に瞬殺されたのを、思い出した。身長はベップのほうが高いし、体つきも椎名に負けてはいないけど、喧嘩となれば話は別だ。

「大丈夫です」ウチは、思わず口走った。「自分のことは自分で何とかします」

「ダメだ」ベップが、椎名から目を離さず、ウチに言った。「素直に人に助けてもらえ。自分一人で問題を解決できると思うな」

魂が痺れた。

今まで、誰もそんなことを教えてはくれなかった。ママの客の金で、ウチの家族が支えられていることだって、とてもかっこ悪いことだと思っていた。だから、ママに八つ当たりして、罵倒し、責めてきたんだ。

「いいこと言うなあ。感動したよ」

椎名が、握手でも求めるかのように無防備でベップに近づく。

ベップが、顔を引き攣《つ》らせながらカラオケ店の看板を振った。あっけなく、椎名の側頭部に直撃する。

勝負は一瞬で決まった。

椎名が真横に吹っ飛び、半回転してソファの上で失神した。ハリウッドのアクション映画のスタントマンみたいだ。さすが日本代表のゴールキーパーの腕力は半端じゃない。

「お、おい、大丈夫か」

ベップが、自分の力に驚いたのか、慌てた様子で椎名を心配する。

「早くここから出るよ」

突然、女の声が聞こえた。

えっ？　まだ誰かいるの？

ベップのうしろから、金髪のおかっぱで黒い眼帯の女が現れる。ライダースジャケットにカエルのシルバーのネックレス。ドン・キホーテで見かけたサソリを背負った女だ。

「でも……こいつ、頭から血が出てるぞ」ベップがカラオケの看板を捨て、ソファで意識を失っている椎名に近寄ろうとした。

「いいから。死にはしないよ」

眼帯女が、ベップの腕を摑んで止めた。無表情で冷たい声の女だ。いや、表情が無いというより、右目（眼帯をしていないほうの目）が眠たそうなだけか。

この女、何者なのよ。

よく見ると、ゾッとするほどの美しさだった。透き通るほど白い肌。形のいい眉に切れ長の目。まつ毛が蝶の羽のようにバサバサしている。ぽってりと厚い唇が、マリリン・モンローやマドンナ系のセクシーさを醸し出している。鼻のまわりにわずかに浮いているソバカスと眼帯がなければ、完璧な美人だ。

おっぱいもデカいし。貧乳で悩んでいるウチからすれば、羨ましい限りやわ。

それよりも、こんな状況でも顔色一つ変えないなんておかしい。よっぽど肝が据わっているのか、修羅場に慣れているのかのどっちかだ。

眼帯女が、ウチの視線に気づく。「アンタもさっさと立ちな」

「立ちたくても立てへんのよ」

眼帯女が舌打ちをした。「どこか怪我したんだね」

ムカつく。なんで舌打ちすんのよ。ウチは被害者やで。

「俺がおんぶするよ」

ベップがベッドの脇に腰を下ろし、今まで見たことがないくらい広い背中をウチに向けた。

オーマイガー。ベップのおんぶ？

心臓が破裂しそうだ。ピンチを助けてもらっただけでなく、そんなことまでしてもらえるなんて。

「急いで」

眼帯女の鋭い声に、体が反応した。ウチはベッドから降り、ベップの背中にしがみついた。

男の人におんぶしてもらうなんて、パパ以来十年ぶりだ。

「行くよ」眼帯女が、小走りで部屋を出ようとする。

「ありがとうございます。赤の他人のウチなんかのために……」

ウチは、小声でベップにお礼を言った。体が背中に密着しているから、心臓のバクバクが絶対に伝わっている。恥ずかしくて、顔から火が出そうだ。

「お礼ならあの女の人に言ってくれ」

「えっ？　何で？」

「あの女の人が君の危機を救ったんだ。俺はついてきただけだよ」

眼帯女が？　どうやって、ウチのピンチを知ったのだろう。

「何よ、これ」

眼帯女は、ドアの前に置いてある身代金の白い袋を覗《のぞ》いていた。

札束を三つほど摑み、ベップに見せる。

「金？　本物なのか？」ベップが、ウチをおんぶしながら、白い袋の中を覗き込んだ。「これは……君のお金なのか」

「違います」

「じゃあ、裸の男の金か」

「違います」

「ちゃんと、説明してくれ。じゃないと、君を助けることができない」

ベップが、ウチを下ろして訊いた。

「ウチの話を信じてもらえるんやったら話します」

左足だけで立ち、壁にもたれながら答える。骨は折れてないと思うけど、右足首が相当痛い。

「信じるわ」眼帯女が、小首を傾《かし》げる。

「このお金は、身代金なんです」

「身代金？」ベップが、口をあんぐりと開ける。

「この少女が誘拐されたんです」

ウチは、ベンツに轢かれたサンタクロースから受け取ったスマートフォンを見せた。

「この子、どこかで見たことがあるぞ」ベップが顔をしかめる。「ネットから引っ張ってきた画像じゃないのか。この子と君の関係は？　歳《とし》の離れた妹なのか」

「違います。名前も知らない女の子です。身代金を運んでいた父親が、ウチの目の前で車に轢かれたんです」

その父親が轢かれたのは、ウチが、白いミニバンに乗っていたベップに見とれていたせいだけど、本人を前にしては言い辛い。

「その父親は死んだの？」眼帯女が、眉一つ動かさずに訊く。

どうやら、眠そうに見えるのは、目が潤んでいるからだ。

「たぶん、死んでないと思います。その人もサンタクロースの服を着ていたのでよく確認はできなかったですけど」

「サンタクロース？　もしかして、さっきの御堂筋の事故か」ベップが目を丸くする。

ウチは頷《うなず》き、答えた。

「サンタクロースの父親から、娘を助けるために代わりに身代金を運んでくれとお願いされたんです」

「そんな無茶な話を信じろってか。会ったこともない他人のために、そんな危険な真似をするなんて考えられない」

「北別府さんも、会ったこともないウチのために戦ってくれたじゃないですか」

「そうだけど……」ベップが、顔を赤らめながら鼻を掻く。

「わたしは信じる」

眼帯女が、横目でベップを制する。

「ダイレクトメッセージで犯人とやりとりしてたんです。父親と犯人のやりとりは消すように指示を出されたので残ってません」

眼帯女が、スマートフォンを手に取り確認する。

「赤鼻のルドルフだって」鼻で笑い、ベップに渡した。

「犯人はずっと、身代金を運ぶウチのことを監視してました。このサンタの衣装も、ドン・キホーテで買って着ろと指示を出してきたんです」

「マジかよ……」ベップがダイレクトメッセージを読みながら呟いた。「大変な事件じゃないか。どうして、警察に届けないんだよ」

「少女が殺されるからよ」眼帯女が冷たく言い放つ。「この犯人は、至近距離で身代金をずっと見張っている」

「今、この瞬間もかよ」ベップの顔が、怒りで硬直する。

「早く身代金を運ばなきゃ、少女が殺されてしまいます」

ウチは、右足首の痛みを堪えながら言った。何とか歩けそうだけれども、走るのはキツい。

「その足じゃ無理よね」

眼帯女が、ジッとベップを見つめた。ウチには、その視線が何かを憐れんでいるように感じられた。

「何だよ、その目は」ベップが、大げさに肩をすくめる。

「あなた自身が決めることよ」眼帯女は、視線を逸《そ》らさない。

ベップが、数秒間目を閉じたあと、ため息混じりにウチに言った。

「わかった。次は、俺が身代金を運ぶ」

第二章　ゴールキーパーは女子高生を守る

8　十二月二十四日　午後三時

俺の真うしろで、サンタクロースがベンツに轢かれた。

背後からのブレーキ音と衝突音と女性の悲鳴で振り返ると、サンタクロースがなんばマルイの斜め前の、御堂筋の歩道に横たわっているのが見えた。その横に、紫色のダッフルコートを着た女の子も倒れている。

なんてクリスマス・イヴだよ。縁起でもねえな。

「助けに行くから車を停めてくれ」

俺は、運転席の〝出っ歯の好青年〟に言った。今日初めて会ったばかりで名前はまだ覚えていない。俺の日本での代理人の瀬川康行《せがわやすゆき》がギックリ腰で来られず、その代わりに、急遽呼ばれた芸能事務所の新人で、ホテルに直接迎えに来てくれた。可哀想なくらい前歯が飛び出しているので、勝手に心の中で〝出っ歯の好青年〟と名付けた。

「ダメですよ。有名人なんですからパニックになります。見てください。サムライブルーを着た連中が歩道にチラホラいるじゃないですか」

出っ歯の好青年が、ボソボソと聞き取りにくい声で言った。強烈な前歯のせいで発音が不明瞭だ。天然パーマが伸びきったアフロ一歩手前の髪に、滝廉太郎のような丸眼鏡。スーツのサイズも合ってなく、ダボダボの着こなしでだらしない体形に見える。まだ歳は二十代前半だろうに、絶対にモテない風貌だ。鼻筋は通っているし、眉毛の形も奇麗だから髪を切ってコンタクトにすればまだマシだろうが、歯だけはどうしようもない。金はかかるが歯医者で矯正してくれ。

「チャリティーマッチが終わってすぐだもんな」

「そうですよ。たぶんマスコミもウロウロしているでしょうし」

俺の名前は、北別府保。全国のサッカーファンから〝ベップ〟と呼ばれるちょっとした有名人だ。日本でプライベートを過ごすときは、なるべく変装をするようにしている。今日は、黒いニット帽を深々と被り、黒縁の伊達眼鏡をかけていた。黒いスーツに黒い革のコートを着ている。別に黒色が好きなわけではないが、一番地味な色だろうと思い、チョイスした（泊まっているホテルを出てから、逆に目立つ格好だと気づいた）。

人助けもできないのかよ。俺は、うしろを振り返りながら、ため息を漏らした。離れていくサンタクロースと紫のダッフルコートの女の子はピクリとも動かない。

唐突にベンツの運転席のドアが開き、黒い毛皮のコートを着たセレブ風の中年女が飛び出してきた。パニック状態のまま携帯電話で話している。どうやら、事故の原因は、通話しながらの運転のようだ。

「まさか、二人とも死んだんじゃないだろうな」

「大丈夫ですよ。人間はそう簡単に死にませんから」出っ歯の好青年が、のんきな声で言った。

「でも、あっけなく死ぬケースもあるだろ」

御堂筋は、クリスマス・イヴのせいでかなり混んでいるので、車の流れは悪い。たぶん、サンタクロースと女の子を轢いたベンツも、そんなにスピードは出してなかったと思うが心配だ。

「ダーウィン賞ってご存知ですか」出っ歯の好青年がクスリと笑う。「その年で一番の〝愚かな死にかた〟を決める賞なんですけどね」

「そんなものがあるのか」

「たとえば、パラシュートをつけずにスカイダイビングをしたり、踏切で動かなくなったポルシェを守るために走ってきた電車に突っ込んでいった人が受賞したりしてます。手榴弾でジャグリングした人もいますよ」

「単なる馬鹿じゃねえか」

「世の中には信じられない馬鹿がいるんですよ」

それは言えてる。俺もそのうちの一人だ。

「僕が気に入ってるのは、渋滞に巻き込まれた男性が小便を我慢できなくなり、用を足すために車を降りて道路のフェンスを飛び越えたら、実はそこは橋で、二十メートル下に落下して死んだって話です」出っ歯の好青年が激しく肩を揺らす。「どうです？　笑えませんか？」

「笑えねえな」気分が悪くなってきた。

出っ歯の好青年が、慌てて話題を変える。「後半のＰＫ、ナイスセーブでした。完全に読み切ってましたね」

「あのキッカーの癖は、Ｊリーグ時代から知ってるからな」

「僕、北別府さんの大ファンなんですよ。瀬川さんが今日お迎えに行けないと聞いて、真っ先に運転手を志願しました」

「センキュー」

一応、試合は観ていてくれたらしい。さすが、好青年だ。

「まるで怪我なんてしていないような動きでしたね」

「完治したからな」

「右腕でしたっけ」

「右肩だよ」

スポーツ選手に古傷の話題を振るなんて失礼な奴だ。〝好青年〟の肩書きを取り消してやろうか。俺を含めて、アスリートにはナイーブな人間が多い。ところが、一般人やマスコミは、肉体が強靭《きょうじん》だと精神も強いと勝手に思い込んでるのか、ズケズケと訊いて欲しくないことを口にする。

「あんな大人数の前でプレーするってどんな気分ですか。緊張しませんか」

「慣れたら普通になるよ」

「毎回、みんなの期待に応えなくちゃいけないなんて、つくづく大変なお仕事ですよね。僕には絶対無理だなあ。一人の期待を背負うだけでもプレッシャーなのに」

その一人って誰だよ。まさか、彼女か？　好青年だが、こいつは好きになれそうにない。

「大観衆は怖くない。敵のサポーターであっても、観客が多いほど燃える」

「さすがだなあ。逆に怖いことってなんですか」

「……忘れられることかな」

「忘れられる？」

「いずれプレーができなくなって引退する覚悟はできている」俺は、窓から御堂筋を歩く人を眺めた。「ただ、北別府保という人間の存在が、人の記憶から消えるのが怖いんだ」

俺の所属するドイツのクラブチームは、サポーターが熱狂的で、ホームスタジアムは五万人の観客を収容する。俺がファインセーブを繰り出すたびに、地響きのような歓声がスタジアムを揺らす。日本代表の試合のときはもっと凄い。スタジアムの観客の他に、全国のお茶の間のテレビで、数千万人もの人間から仕事ぶりを観察されるのだ。

常に人から注目されていないと不安で仕方がなくなっていた。だから、芸能事務所に所属してマネージメントを委託し、シーズンオフのときは積極的に日本のＣＭやバラエティ番組に出るようにしている。スポーツ選手とはいえ、所詮は人気商売だ。

俺の代理人の瀬川は有能な男で、某大手芸能事務所から独立したあと、スポーツ選手や文化人を中心とした芸能事務所を立ち上げ、少数精鋭ながらもよく頑張ってくれている。その頑張りが空回りして、周りに迷惑をかけることもあるが……。

「大丈夫です。日本国民の全員が忘れませんよ」出っ歯の好青年が、自分に言い聞かせるように頷く。

「日本国民の全員は言い過ぎだろ」

そうは言ったが、お世辞とわかっていても嬉しかった。

「ところで、どこに行きますか」

「ん？　何が？」

「息子さんのプレゼントを買いたいとおっしゃっていませんでしたか？」

「そうだよな。どこがいいと思う？」

今夜は家族と、昔から行きつけの大国町の焼肉屋（信じられないぐらいハラミが美味《うま》く、個室もあるので、ちょっとした有名人にとってはありがたい）で食事をする予定だが、まだ、クリスマスプレゼントを用意していなかった。

「僕、出身が関西じゃないんであまり詳しくないんです。今、調べますね」

出っ歯の好青年が自信なさげに答えて、運転しながら片手でスマートフォンを弄《いじ》り出す。

「危ないな。この車も事故らないでくれよ」

「大丈夫です。運転には自信がありますんで」

何の自信だよ……。

この白のエルグランドはレンタカーだ。瀬川も、関東以外の仕事のときは新幹線か飛行機で来て、俺のためにミニバンを借りてくれる。運転席に瀬川以外の人間が座っているのは何とも違和感がある。

信号が赤になり、南海なんば駅の前で停まった。この先は御堂筋ではなく国道二十六号線となる。

出っ歯の好青年が、ここぞとばかりにスマートフォンを素早く操作する。どうやら、こいつも瀬川と似て空回りキャラのようだ。

どこかの店から、山下達郎の『クリスマス・イブ』が聞こえてきた。この季節は、街のどこに行っても流れてくるが、何度聴いても色褪《あ》せない名曲中の名曲だ。山下達郎は、よく飛行機の中で聴いている。『ライド・オン・タイム』や『さよなら夏の日』が特に好きだ。

「この近くだったら、なんばパークスにあるトイザらスですね」出っ歯の好青年が、スマートフォンを見ながら言った。

「パークスだったらここからすぐだよな」

「そうですね」

俺は海外に移籍する前、大阪のクラブチームに所属していたとき吹田市に住んでいたから、土地勘は少しある。なんばパークスに車で行くには、信号を越えてすぐ、国道二十六号線を左に外れ、タカシマヤ沿いを走り、阪神高速の下を進んで行けばいい。ものの三分で着くはずだ。

それなのに、出っ歯の好青年が道を間違えた。国道二十六号線を外れずに、タカシマヤから離れたのだ。当然、なんばパークスも遠ざかる。

「すみません。道を間違えてしまいました」出っ歯の好青年が、申し訳なさそうに何度も頭を下げた。

運転に自信があるんじゃねえのかよ！

そう怒鳴りつけたいところだが、ここはグッと堪える。息子と会う前に、精神を乱したくない。

「なんばパークス以外に、この近所で小学生へのプレゼントが買えそうな店はあるか」

「あとはドン・キホーテの道頓堀店ですかね。もうすぐ四ツ橋筋に合流するので、千日前通に出て道頓堀に戻るって手もありますよ。トイザらスには、奥さんへのプレゼントは売ってませんしね」

「元奥さんだ」俺は、〝元〟を強調して言った。

「す、すみません」

出っ歯の好青年が、必死で自分のミスをカバーしようとするのがムカつく。

ドン・キホーテまで戻るなら、ぐるりと回ってなんばパークスに行くのもそんなに距離は変わらない。ただ、俺の性格上、二度手間はとりたくないし、それに、出っ歯の好青年が言うとおり元妻へのプレゼントをすっかり忘れていた。

ただ、千日前通で車を降りてドン・キホーテに向かえば、必然的に戎橋を渡らなければいけない。クリスマス・イヴのこの時間だと、道頓堀はかなりの観光客や買い物客でごった返しているだろう。

なるべくなら、歩きたくねえなあ。変装にも自信がないし。

「どうします？」

出っ歯の好青年が急《せ》かしてくる。四ツ橋筋は目の前だ。

「ドン・キホーテにするよ」ため息を押し殺し、答えた。

「了解しました」出っ歯の好青年が、意気揚々とハンドルを右に切り、四ツ橋筋に合流する。

「ちょっと待て。あのまま国道二十六号線に行けば、すぐ左に折れて府立体育館の前を通ってパークスに行けたんじゃないのか」

御堂筋は一方通行だが、国道二十六号線は両側に車線があったのを思い出した。大阪のこの界隈《かいわい》は、大きな道路が一方通行になっているから、たまに車で走ると混乱する。

「もう無理です。四ツ橋筋に乗っちゃいましたんで」

四ツ橋筋も一方通行だ。諦めて、千日前通を右に折れるしかない。

これもまた運命か。ドン・キホーテできっと素敵なプレゼントが見つかるということだろう。

四ツ橋筋は思いのほか空《す》いていて、あっという間に千日前通へと出た。

「こっちの道で正解ですね」出っ歯の好青年が得意げにハンドルを右に切る。

左手に湊町リバープレイスが見えた。大阪は久しぶりだから、景色が懐かしい。

俺には、別れた元妻との間に、駿《はやお》という息子がいる。先月、九歳になったばかりの小学三年生だ。俺に似て身長が高く、色黒でキリッとした眉毛で運動神経抜群のハンサムボーイだ。

先月の駿の誕生日は一緒に祝うことができなかったが（ブンデスリーガの真っ最中だ）、今回ちょうど、Jリーグ選抜とのチャリティーマッチが長居スタジアムであったから、ウインターブレイクを利用して帰国したのだ。

ちなみに、去年と一昨年のクリスマスは駿に会えなかった。去年は離婚したばかりだったし、一昨年はトレーニングに明け暮れていて帰国できなかった。駿には、二年連続でクリスマスプレゼントを郵送したが、「ありがとう」とそっけないメールが返ってきただけだった。

間違いなく、俺は駿に嫌われている。

駿が俺を嫌うには明確な理由がある。去年の夏の終わりに、俺の浮気が発覚したからだ。付き合っていた銀座のホステスが、俺がホテルのベッドで爆睡している姿を携帯電話のカメラで激写し、その画像を芸能週刊誌に売った。その女が「いつまで経っても奥さんと別れてくれないから復讐したの」とメールを送ってきたのだが、そのメールまで元妻に見られた。

問題は、浮気相手がその女一人だけではなかったことだ。芋づる式に、ファッションモデルや女優やドイツ人のキャビンアテンダントとの関係がバレて、あっという間に元妻に裁判を起こされ、あっという間に離婚した。当然、駿の養育権は元妻のものだ。俺は裁判所が決めた日にしか息子と会うことができない最低の父親だ。

元妻は、意外とサバサバしていた。たぶん、俺が浮気をしていることくらいはすぐに勘づいていたのだろう。それ以前に、大阪のJリーグのクラブチームに所属していたときから全国各地を飛び回り、海外移籍でオランダに行ってからはシーズンオフにしか顔を合わせず、俺たちは完全なセックスレス夫婦だった。

「家族と離れて寂しいでしょう」出っ歯の好青年が、知ったような口をきく。

「日本にいたところで離婚してるんだから会えねえよ」

「す、すみません。つい調子に乗ってしまいました」

出っ歯の青年が肩をびくつかせ、チラチラと振り返りながら謝ってきた。頼むから運転に集中して欲しい。

「でも、これで良かったんだ」俺は、半ばヤケクソな口調で言った。「家族も、俺みたいな人間の屑《くず》と一緒にいないほうがいい」

「北別府さんは屑ではないです。日本の守護神として、いつも素晴らしい守りを見せてくれるじゃないですか」

「守るものを間違ったおかげで、人生で一番大切なものを失ったよ」

「……後悔してらっしゃるんですね」

「それを取り戻せるなら、すべてを捨ててもいい。真剣にそう思っている。まあ、今となっては絶対に無理なんだけどな」

「奇跡が起きるかもしれませんよ」出っ歯の青年が、完全にこっちを見てウインクをした。

「だって今日はクリスマス・イヴなんですから」

わかったから前を見ろよ、この野郎。

9　十二月二十四日　午後三時三十分

「あれ？　もしかして、ベップとちゃう？」

ヤンキーカップルの男が、少し離れた商品棚の陰からこっちをじっと見ている。髪の先がオレンジ色のウルフヘアーで、ヤンキーかヤクザしか買わないようなサングラス。赤いスタジャンの下はグレーのスウェット。驚いたことに、足下はサンダルだ。

マズいぞ。バレた。俺はとっさに顔を伏せた。

「ベップって誰なん？　知らんし」

ヤンキーカップルの女が、興味なさげに生返事をする。低反発枕の感触を手で試すのに夢中で、俺のほうを見ようともしない。彼氏とペアルックで、髪は時代遅れのポニーテールだ。

「お前、ベップを知らんのか。日本代表のゴールキーパーやぞ」

「へえ。Jリーガー？」

「違うわ。オランダの二部のチームからドイツのめっちゃ強いチームに、去年移籍してん」

本人たちは、ヒソヒソ声で話しているつもりだろうが、丸聞こえである。一応、俺は聞こえていないふりをして、少年野球用のグローブを選んだ。

「そんな有名人が、こんなとこにおるわけないやん」

「それもそうやな」

ヤンキーカップルは、低反発枕を二つ持って去っていった。

念のために変装した甲斐があったぜ。どうやら、他のカップルたちは俺の存在に気づいていない。

ああ、何を買えばいいんだよ。

俺は、ドン・キホーテの店内で深いため息をついた。無秩序に商品が並ぶ混沌《こんとん》とした空間に、体中のエネルギーが吸いとられるような錯覚を覚える。こんなことなら、出っ歯の好青年についてきて貰えばよかった。彼は今、千日前通沿いの戎橋筋商店街の入口で車を停車して待ってくれている。

客層も、俺をゲンナリとさせる原因の一つだ。クリスマス・イヴだからか、店内をうろつく客の九割がカップルだった。それも、全員が幸せそうに見える。さっきのヤンキーカップルのペアルックも微笑ましいし、羨ましい。枕なんか買いやがって。

俺は、もう一度、ため息をついた。両肩にズシリと十キロの米袋を置いたようなプレッシャーがのしかかる。

駿に何を買ってあげれば喜んでくれるのか、泣きたくなるほどわからない。ルイ・ヴィトンの財布に入っているブラックカードを使えば、この店内で買えないものはないのに。

「お菓子食べたい。お菓子食べたい。お菓子食べたい」

今度は爆風に巻き込まれたような髪のギャルとベースボールキャップを必要以上に斜めに被ったラッパーのカップルが登場。ラッパーが赤ん坊を抱いているところをみると、どうやら夫婦のようだ。少しだけ、赤ん坊の将来が心配になる。流行りのDQN《ドキュン》ネームではなく、普通の名前を付けてもらっているのだろうか。

「元気に育てよ。何があってもめげるんじゃねえぞ」俺は、思わず小声で赤ん坊に言った。

どんな親であれ、クリスマスに家族で過ごしているのは評価できる。俺なんかよりも数百倍マシだ。正直な気持ち、ギャル嫁にお菓子をねだられるラッパーが羨ましいし、妬《ねた》ましい。

「何が欲しい？」

「えー、わかんない」

　次は、若作りが痛々しい熟年カップル。直視できないほどイチャついている。おじさんは白いタンクトップに革ジャン、おばさんは水色のドレスにゼブラ柄のコートを着こなしていて、ある意味お似合いの二人だ。

「クリスマスだ。何でも好きなもん買ってやるぞ」おじさんが豪快に笑う。

「だって、わかんないもん」おばさんが、身をくねらせる。

「こないだ、自転車が欲しいと言ってたろ」

「言ったかどうかわかんない」

なんだ、この二人のノリは？　明らかに夫婦ではない。俺の予想ではW《ダブル》不倫だ。それはそれで、幸せそうだ。思う存分、背徳の恋をスリリングに楽しんでくれ。

「おっ、チャイナ服があるぞ。君が着てくれたら、きっと似合うな。うん、似合う。買おうか」

「わかんない。着たことないからわかんない」

二人のイチャつきぶりが加速する。

「どいて！」

熟年カップルを弾き飛ばして、紫色のダッフルコートを着た女子高生が現れた。黒いロングヘアーで前髪はまっすぐに切り揃えている。

あれ、この子……。もしかして、さっき御堂筋でサンタクロースと一緒にベンツに轢かれた女の子じゃないのか。ダッフルコートが同じ色だ。髪の雰囲気も似ている。

いや、そんなわけがないだろう。車に轢かれたのに、こんな短時間でここに来られるわけがない。

とても不思議な少女だった。怒っているのか泣いているのかわからない複雑な表情で、大きな白い袋を背中に背負っていた。

何だ、あの巨大な白い袋は？　リュックサックがあるのに、どれだけ荷物が多いんだ。左手に持っているスマートフォンの画面をやたらとチラチラ見ながら、ひどく慌てた様子で店内の商品を物色している。

「どこにあんのよ」

女子高生が、可愛い顔をしかめて、舌打ちをする。まるで、突然、サンタクロースの代理を頼まれ、商品を掻き集めているかのようだ。

カップルだらけの店内で、俺と同じく独りなので、妙に親近感が持てた。

駿にもいずれ、こんな恋人ができたらいいのになあ。

しみじみと父親らしい気分になる。まだ小学三年生だからそんなことを考えるのは早過ぎるか。いやわからんぞ、最近のガキたちは俺たちの頃と比べて、信じられないほど大人びている。俺が九歳の頃は、牛乳びんのフタを集めたり、タコ糸にちくわをつけてザリガニ釣りをしたり、犬のウンコに爆竹を差し込んでどれだけ近づけるか度胸試しをしたりして過ごしていたものだが。

駿に、恋人ができていたらどうしよう。父親として、どういう態度を取ればいいのかわからない。

「あった！」

女子高生が、バラエティコーナーにあったサンタクロースの衣装を摑んで、レジへと走っていった。

なるほど。そういうわけかい。今夜は彼氏とラブラブな夜を過ごすんだな。やけにでかい白い袋を持っていたのはサンタのコスプレをするためだったのかい。「クリスマスプレゼントはわ・た・し」なのかい。ついでに、サンタの衣装の横にあるドラキュラの牙も買って彼氏に血を吸ってもらいなさい。

俺は、レジで精算する女子高生を見ながら我に返った。

いかん。思考がオヤジ化している。欲求不満かよ。まだ三十歳になったばかりなんだぞ、俺は。

離婚以来、あんなに好きだった女遊びをピタリとやめた。そんなものだ。どんなに好きなことも、自由にできるようになると、急に興味が失《う》せる。逆に、元妻のことが気になってしようがなくなった。自分のものではなくなって、自由にならなくなった途端、欲しくなる。

やっぱり、俺は最低の男だ。父親の資格はゼロ。駿に嫌われて当然だよ。

尋常じゃない寂しさが、容赦なく俺を襲う。今夜の食事が終わったあと、誰も待っていない高級ホテルの部屋に一人で帰ることを考えると、涙が零れそうになった。

「泣いてるの？」

背後から女の声がした。

振り返ると、見覚えのない女が、腰に両手を当てて立っている。カメラマンを前にしたモデルのようなポーズだ。

何だ、この女？

左目に黒い眼帯。金髪のおかっぱ。胸がやたらとデカく、見せつけるように白いライダースジャケットのファスナーを開けて谷間を強調している。シルバーのネックレスのカエルがその谷間に埋もれそうだ。スリムのジーンズと赤茶色のウエスタンブーツもキマっている。

「駿君のお父さんよね」

「は、はい」

なんで、この女は駿のことを知っているんだ。

いい女だが、異様なオーラがある。唇は俺好みだが、肌が幽霊みたいに白い。目を細めているのか半開きなのか、とにかく眠そうだ。鼻のまわりのソバカスはまだ愛嬌があるけども……。

「大切な話があるの。わたしについてきて」

女がこっちの返事を聞こうともせず振り返り、姿勢のいい歩き方でドン・キホーテの入口へと向かう。ライダースジャケットの背中に、デカデカとサソリの絵があった。

「ちょっと、待ってくださいよ。いきなり言われても意味がわかりませんよ」俺は、女を呼び止めた。

「わたしは駿君の依頼であなたに会いに来たの」

駿の依頼？　どういうことだ？

頭が混乱してクラクラする。子供の頃からサッカー一筋の俺は、理論的に脳みそを使うのが極端に苦手だ。

「その前に、あなたは誰なんです？」

女が、無造作にライダースジャケットのポケットに右手を突っ込み、人差し指と中指に名刺を挟んで差し出した。

《掃除屋　井戸内月子《いどうちつきこ》》

「そ、掃除屋？」

ただの清掃業じゃないのは、女の風貌を見ればわかる。一体、何を掃除する仕事なんだ？

女が、気怠《けだる》そうに肩をすくめる。「それは昔の肩書きだから気にしないで。今は便利屋みたいな仕事」

たった九歳の駿が、便利屋に何を頼んだというんだ。それに、こんな怪しい女とどこで知り合ったのか。

「具体的にどんな仕事なんだよ。きちんと説明してくれ」俺は、女に詰め寄った。

「誰かの人生にわたしが必要なら何だってする。命を賭《か》けても惜しくはないわ」

女の右目が、俺の顔を捉えて離さない。

10　十二月二十四日　午後四時

「サソリが好きなのか」

俺は、ストローを使わずにアイスコーヒーを飲む月子に訊いた。

月子がスマートフォンを弄りながら首を横に振った。冬だというのにガリガリと氷を嚙んでいる。

「好きじゃないのに、そんな服を着るのかよ」

白いライダースジャケットのことだ。

「わたしの性格を表してるのよ」

「サソリが？」

「サソリだけじゃないけどね」月子が、スマートフォンから顔を上げずに答える。

さっきから誰とメールしてるんだよ。

とことん、無愛想な女だ。いい加減、腹が立ってきた。

俺は月子に連れられてドン・キホーテから移動し（出っ歯の好青年には、急用ができたので今日はもう帰ってくれと電話した）、法善寺の近くにあるレトロな喫茶店《アラビヤコーヒー》に来ていた。

店の看板にターバンを巻いた髭のおじさん（アラビヤ人なのか？）の絵があり、店内には『珈琲で乾杯!!』と書かれたポスターに『アラビヤがないなんて、珈琲がないも同然。やっぱり、アラビヤがナイト』とキャッチコピーが添えられていた。実に大阪らしい店だ。昭和からワープしてきたような内装でBGMはなし。カウンターでは年齢不詳のマスターがニコニコしながら（しかし、目は笑っていない）コーヒーをカップに注《つ》いでいる。

一階は満席だったので、セーターとジーンズのカジュアルな服装にエプロンをつけただけの気さくな女性店員に二階へと案内された。二階はテーブル席だけで、山小屋のような雰囲気だった。なぜか、スキー板があちこちに置いてある。

「この店にはよく来るのか」

俺は、ブレンドコーヒーを飲みながら訊いた。あっさりとした口当たりながらも、コクがあって美味い。

月子が、三つ目の氷を噛み砕きながら頷く。二階には俺たちしか客はいなかった。

「その左目はどうしたんだ？　ものもらいでもできたのか」

月子が首を横に振る。

「じゃあ、怪我か」

氷をガリガリと噛み、頷く。

さっきから俺ばかりが質問してるじゃねえか。

月子は俺を焦らしているのか、「待って。大切なメールを打ってるから」となかなか駿の話を始めてくれずにいた。それだけじゃなく、二階の席についたかと思えば、すぐにトイレに行き、五分以上も帰ってこなかったのだ。

人を強引に連れてきたくせに、ウンコでもしてたのかよ。

この女が大阪人なのかもわからない。貰った名刺には、携帯電話のアドレスしか書いていなかった。月子の言葉は関西弁ではなく、奇麗な標準語だ。長く大阪で暮らしているとはとても思えない。

「お待たせしました。フレンチトーストです」階段を上がってきた女性店員が、焼き豆腐みたいなパンが載った皿をテーブルに置いた。「ごゆっくりどうぞ」

こっちは、ゆっくりしてられないんだよ。

俺は、フランク・ミュラーの腕時計で時間を確認した。

午後四時十分。元妻と駿とのディナーは、午後六時の約束だ。まだプレゼントを購入していないから、かなり焦ってきた。

それにしても、月子は、この腕時計が何度も視界に入っているにもかかわらず、まったく気に留めようとはしない。文字盤にドクロの絵とダイヤモンドが鏤められていて、値段は九百万円近くするシロモノだ。どんな女もこの時計を見て態度を変えるのに、月子は眉一つ動かさなかった。

月子が、ようやくメールを打ち終え、フレンチトーストに手を伸ばす。一口食べて、ニンマリと少女のような笑みを浮かべた。

甘党なのか？　眼帯の女がフレンチトーストを食べて微笑んでいる姿は、ちょっと怖いが、今なら駿の話をしてくれるかもしれない。

「駿があんたに仕事の依頼をしたっていうのは本当なのか」

月子が、厚い唇についたメープルシロップを舐《な》めながら頷く。「あなたにそっくりよね。十日前、この店のこの席で会ったわ」

「この店に？　誰と来た？」

「一人でよ」

「信じられない。まだ小学三年生だぞ」

別れた妻の家は、西長堀《にしながほり》にあった。ここなら駿でも自転車で来られる距離だが、一人でこんな得体の知れない女に会いに来る姿など、想像できない。

そもそも駿は、こんな怪しい仕事の女をどこで知った？　ネットだろうか？

「あなたが思ってるより、彼はずっと大人だわ」

「他人のあんたに何がわかる」

「他人だからわかるのよ」月子が、残りのフレンチトーストにかぶりつく。

どこまで苛《いら》つかせる気だ、この女は。

たしかに俺は決していい父親ではないが、これまで色んな問題を乗り越えるために必死でやってきた。もちろん、すべての努力が胸を張れるものではない。でも、駿のことは世界の誰よりも愛している。

「何を考えてるんだ、あの坊主は」

〝坊主〟は、俺の口癖だった。駿が小学校に入るまではよく使っていたが、本人が嫌がったので最近はやめていた。

月子が、あとひとかけらとなったフレンチトーストにメープルシロップをドバドバとかけた。名残《なごり》惜しそうにゆっくりと口に入れ、目を閉じて味わう。

甘いのが苦手な俺は、見ているだけで気持ちが悪くなった。

口の中のフレンチトーストを飲み込んだ月子は満足げに息を吐き、右目を開けて俺を見た。話を続けろという合図だろう。

俺は、覚悟を決め、核心に触れた。

「駿はあんたに何を依頼したんだ」

「なんだと思う？」月子が、試すように右の眉を上げる。

「早く答えろよ。クイズをやりに来たんじゃないんだ」俺は、怒鳴りたくなるのをグッと堪えた。

「あなたが誰と結婚するのか調べて欲しいって」

「はあ？」椅子からずり落ちそうになった。「そんな相手はいない」

月子が、右目だけでじっと俺を見つめる。この目で睨まれると、金縛りみたいに体が動かず、心の奥まで見透かされた気分になる。

「神様に誓える？」

「無神論者だけど、神に誓う」

本当に恋人はいない。皮肉なもので、離婚してから急にモテなくなり、言い寄ってくる女も少なくなった。それに、今はサッカー一筋で、恋愛なんてしている暇はない。

しばらく俺の顔を見つめていた月子が、唇の端をわずかに上げた。

「信じるわ」

この女、甘いものを食べる以外は笑わないのかよ。

「ありがとう」

なぜ礼を言わなきゃいけないかわからないが、とりあえず頭を下げる。

「はい。これで終わり。帰ってもいいわよ」

「もう終わりなのか」なんだか、拍子抜けした気分だ。「たったこれだけのことならドン・キホーテで済ませてくれよ」俺は呆れ返って、ついため息を漏らした。

「ここに連れてきたから、あなたは本当の自分になれたの」月子が、俺を窘《たしな》めるように言った。

　この女は、俺を舐めてるのか。最初から〝上から目線〟が半端じゃない。

「別にどこにいても本当の自分だよ」

「いいえ」月子が却下する。「あなたはドン・キホーテでは人の視線を気にしていた。いきなりわたしに質問されてちゃんと答えられたとは思えない」

「まあ、言われてみれば、そうかもしれないな」そこは認めざるを得ない。「ずっと、俺を尾行していたのか」

「そうよ。あなたが泊まっているホテルは駿君が教えてくれたの」

　こんな派手な女がうしろにいたのに、まったく気づかなかったなんて……。鈍感過ぎて自分が嫌になる。

「駿は、この依頼にいくら払ったんだ」

「五千円よ。お年玉の残りだって。可愛いよね」月子が、また唇の端を上げる。「わたしは受け取らなかったけど」

「相手が小学生だからか」俺は皮肉を込めて鼻で笑った。

　掃除屋だか便利屋だかがいくら稼いでいるかは知らないが、駿の金を受け取らなかったのは、サッカー日本代表の北別府保が父親だとわかったからだろう。あぶく銭を絞り取れる、恰好の相手だ。

　だが、予想に反して月子は静かに首を横に振った。

「わたしへの依頼に金はいらない」

「無料だと？　ありえない」俺は怒りを隠さず笑い飛ばした。「命を賭けても惜しくないんだろ」

「誰かの人生にわたしが必要ならね」

　この女、俺と駆け引きをする気だ。

　俺は、コートのポケットから財布を取り出し、一万円札五枚をテーブルに置いた。便利屋に依頼したことがないので相場はわからないが、これくらい払えば充分だろう。

「何よ、この金」月子が右の眉をひそめる。

「息子が迷惑をかけたお詫《わ》びだ」

「迷惑なんてかかってないわ」

「駿のプレゼントを何にしようか悩んでるんだ」俺は、切り上げるついでに訊いた。「九歳の男の子ってクリスマスに何が欲しいと思う？」

　月子が、深いため息をついた。

「あなた、何もわかってないのね」

どこかで聞いたことのある台詞だ。思い出した。別れた妻の口癖だった。「どういう意味だよ」初対面の女に言われたくない。「何が言いたいんだ。こっちは五万も払ってんだぞ」

月子は答えない、ただ、憐れむような視線を俺に向ける。

「もういい」俺は、舌打ちをして立ち上がり、帰ろうとした。

「月子ちゃん！　大変やで！」

突然、古着屋か雑貨屋の店員のような服装をした若い女の子が階段を上ってきた。もう少しで、俺とぶつかるところだった。

「どうしたの」月子が、心配そうに椅子から立ち上がる。

いきなり何だ？　どうして、月子がここにいるとわかった？　月子はこの店の常連で、二階を事務所代わりに使っているのか。

「椎名が帰ってきた」

バンダナを巻いたその女の子は、真っ青な顔で全身をカタカタと小刻みに震わせながら言った。

月子の右目が驚きで開く。「刑務所から出てくるのが早過ぎるわ」

刑務所だと？

さすが、掃除屋なんて怪しい商売をやってるだけあって、知り合いもガサツな人間が多そうだ。

「椎名の奴、さっそく女の子をさらってたで」バンダナの女の子が、過呼吸を起こしそうな勢いで捲《まく》し立てる。「サンタクロースの服を着た子やったけど、また例のところに連れ込んでレイプする気やわ」

「レ、レイプ？」俺は、思わず話に割り込んだ。「なんだよ、そいつ」

月子が、わずかに声を震わせながら答える。「椎名っていう札付きのワルがいるのよ。父親がヤクザでラブホテルを経営していて、そのひと部屋を自分の家として使ってるの。街で気に入った子を見つけては拉致してきてそこでレイプするクソ野郎よ」

「そんなもの、さっさと警察に通報すればいいじゃないか」

バンダナの女の子が首を横に振る。「みんな、報復が怖くて通報できないねん。チクった人は必ず半殺しにされるし」

「それにラブホテルのどの部屋にいるかわからないから、警察が到着する頃にはレイプが終わってるわ」月子が珍しく感情を露《あらわ》にし、顔をしかめた。

「月子ちゃん、助けてあげなよ。まだ高校生ぐらいの女の子だったよ」

「わたし一人じゃ無理よ」

「この人、強そうやん。ガタイいいし」バンダナの女の子が俺を指す。「身長、いくつあんの?」

「一八八センチ」反射的に口が動いた。

月子が、右目でじっと俺を見る。

やめろ、そんな目で見るな。俺は日本全国のサッカーファンの期待を背負って立つ男なんだ。頭のおかしいレイプ魔なんかに関わりたくない。

月子が、妙に優しい声で言った。

「あなた自身が決めることよ」

何か大きなものに包み込まれていく気分になるが、決して心地よくはない。逆に、早く答えないと全身の皮膚が裏返るような不快感が増していく。

なぜ、俺が赤の他人を助けなくちゃいけないんだ。自分の人生だけで、精一杯なのに。

サンタクロースの服を着た女の子……。どうしても、ドン・キホーテで会った女子高生を思い出してしまう。あの子だったらどうしよう。これもまた運命なのか。瀬川がギックリ腰になったことで、俺の本来の人生とは別の歯車が動き出した気がする。

サンタクロースの女の子が犠牲になればいい。そうすれば、俺は元の生活に戻れるんだ。

「わかった。助けにいく」

気持ちとは裏腹の言葉が、俺の口から漏れた。

11　十二月二十四日　午後四時四十五分

「そのラブホテルはどこにあるんだよ」

「アメ村よ」

月子は、アラビヤコーヒーのドアを開けながら言った。

ダメだ。いくら速く走ったところで、ここからアメ村までは十分近くかかる。陽は落ち、辺りは薄暗くなっていた。ただ、今宵はクリスマス・イヴだ。街中のイルミネーションのおかげで闇が訪れることはない。

「絶対に間に合わない。やっぱり警察に通報しよう」

俺は、走る月子を追いかけながら叫んだ。すれ違う通行人が、何事かと振り返る。

「わたしが何とかするから、とにかく御堂筋まで走って」

「タクシーを拾うつもりか。わかってると思うが、アメ村に行くのは四ツ橋筋まで出なくちゃいけないんだぞ」

月子に追いついたが、聞く耳を持たない。

一方通行の御堂筋は、車の流れがアメリカ村と逆方向へと走っている。たとえ、タイミングよくタクシーを拾えたとしても大幅な時間のロスだ。

月子は、女の割に異様に走るのが速かった。美しいフォームでウエスタンブーツを鳴らし、飛ぶようにしてアスファルトを蹴る。

「何かスポーツをやっていたのか」

月子は、ジロリと睨んできただけで何も答えなかった。どうやら、自分の過去を聞かれるのが極端に苦手らしい。

掃除屋とは、何だ？　この女は、どんな仕事をしていたんだ。

掃除屋。聞き覚えのある言葉の響き……思い出した。

暴走列車のエリックだ。


ドイツでの俺のクラブチームに、エリックというフランス人のサイドアタッカーがいる。まだ二十歳そこそこなのに頭は見事に禿げ上がり、ベテランのような風格を醸し出していた。小柄でスピードとテクニックがあり、サイドからのドリブル突破は目を見張るものがあるが、いかんせん性格に問題があった。頭に血が上ったら、味方が真横にいようともパスを出さないので、サポーターやマスコミから暴走列車と呼ばれている。フランスのスラム街で育ったせいもあり、とにかく勝気な性格なのだ。才能はあるのに、ムラのあるプレースタイルが足を引っ張って、サブメンバーに甘んじている。

ただ、エリックは、一歩ピッチを出ると気のいい若者だった。というより、完全にオタクだ。特に日本のアニメや古い映画が大好きで、暇さえあれば俺を見つけて、片言の日本語で話しかけてくる。

「ベップの好きな映画、なに？」

ある夜、数人のチームメイトと地元のナイトクラブのＶＩＰルームで軽く酒を飲んでいるとき、エリックが隣に座ってきた。

「好きな映画？　ハリウッド映画でもいいのか」

「だめよ。自分の国の映画、愛してないの？」

エリックは、ペリエをがぶ飲みしていた。こいつに限ったことではないが、外国人選手は愛国心が強い。食べ物から文化まで、自国のものに誇りを持っている。

「愛というより、昔から映画はそんなに観ねえからなあ」

たまに、飛行機の中で洋画の新作をチェックしたり、代理人の瀬川が日本から送ってきたＤＶＤを、暇があるときだけ観る程度だ。映画に慣れてないからか、どれだけ睡眠をきっちり取っていても、派手なアクションシーンが連続で起こってくれないと、すぐに眠気が襲ってくる。今まで見た作品の中で一番面白いと思ったのは、中学生のときに観た『ターミネーター2』だ。

「黒澤は？　小津は？　伊丹は？」エリックが、しつこく聞いてくる。

「一本も観たことがねえよ」

俺はミネラルウォーターを飲みながら答えた。去年の右肩の怪我以来、酒は一滴も飲んでいない。誰にも話したことはないが、怪我の原因は酒に酔っていたことだった。

エリックが、信じられないといった顔で両手を広げる。

「ＡＫＩＲＡは？　ラピュタは？　攻殻機動隊は？」

「アニメはさらに観ないって」

「自分の国の映画を嫌いですか」

正直、会話を続けるのは面倒臭かったが、あまりにもエリックがガックリと肩を落とすので乗ってやることにした。

「エリックには、愛しているフランス映画があるのかよ」

「ニキータ」即答だ。

「ニキータ？　タイトルは何となく聞いたことがあるな」

「リュック・ベッソンの出世作だよ」エリックが興奮を隠さず、鼻の穴を全開に広げて語り始めた。「ニキータと呼ばれる女の殺し屋の物語。アンヌ・パリローの演技が最高で、エクセレントにもほどがあるよ。リュック・ベッソンが偉そうにしていられるのは、ニキータのおかげだもん。アンヌもいいけど、後半に出てくるジャン・レノが超渋いんだね。ジャンが演じた掃除屋の役がレオンの原型になったのさ。超すごい」

「掃除屋って何だよ」

エリックはほとんどない薄い髪を掻き上げ、得意気に言った。

「死体を跡形もなく消す仕事」


商店街を抜け、俺と月子は御堂筋に出た。ちょうど信号待ちで、車やタクシーやバイクが列をなしている。

死体を跡形もなく消す仕事？

俺は、右隣にいる月子の横顔を眺めた。左目の眼帯が邪魔で、表情が読めない。

まさかな。そんな非現実的な仕事が、映画の世界以外にあるわけがない。しかも、ここは日本だ。

「借りるわよ」

イルミネーションがキラキラと輝く街路樹の下、月子は、御堂筋で信号待ちをしていたオフロードバイクの若者に、ウエスタンブーツで飛び蹴りを入れた。若者が吹っ飛び、オフロードバイクがガシャンと音を立てて倒れ、エンジンが止まった。

一瞬の間に起こった出来事に、俺は動けなかった。一応、世界的な強豪チームで活躍しているゴールキーパーで、反射神経には絶対的な自信があるのだが、月子の行動は先が読めず、対応できていない。

飛び蹴りを終えた彼女は、てきぱきとした動きでオフロードバイクを起こした。

「おい……借りるって、これをか？」

「乗って」

月子が、オフロードバイクにまたがりエンジンをかけた。

マ、マジかよ。

野次馬が集まってきた。バイクに乗らなければ、ここに取り残される。

「早く！」

「はい」

俺は、月子の鋭い声にビクリと反射して、バイクのうしろにまたがった。

「喋《しゃべ》らないで。舌を噛むから」

返事をする間もなく、バイクが急発進した。しかも、御堂筋の車道を思いっきり逆走している。

俺は、背中を丸めて月子のウエストにしがみついた。ライダースジャケット越しでも、引き締まった筋肉だとわかる。さっきの走り方といい、やっぱりこの女はアスリートとして活躍した時期があるはずだ。

感心してる場合か！　俺はクリスマス・イヴに何をやってるんだ。思いっきり犯罪行為じゃないかよ。

こんなところを瀬川に見られたら、間違いなく事務所を解雇される。マスコミにバレたら、契約が決まったばかりのスポーツメーカーのＣＭがおじゃんになるだろう。

俺たちが乗っているバイクが、向かってくる車の間をすり抜ける。そのたびに、御堂筋にけたたましいクラクションが鳴り響く。

俺は、顔がバレないように、月子のサソリとキスをした。

早くも、パトカーのサイレンが聞こえてきた。しかも、一台じゃない。

もうダメだ。赤の他人を救おうとしたせいで、自分の人生が破滅する。

月子が、ハンドルを左に切る。顔を伏せているから正確にはわからないが、たぶん、アメ村に入った。すぐに右、左、右とジグザグに路地を曲がっていく。パトカーを撒《ま》こうとしているのか。

月子は、逃げ慣れている。この感じだと、警察に追われた経験は一度や二度じゃないはずだ。ますます、彼女の過去が気になってきた。

——誰かの人生にわたしが必要なら、命を賭けても惜しくない。

月子の言葉は、ハッタリではなかった。

なぜ、金を貰ってるわけでもないのにここまでできる？　どうやって収入を得て暮らしている？　それとも金には困っていないのか？

もし、月子が過去にやっていた掃除屋というのが、本当に死体を消す仕事だったら、ギャラは安くはなかっただろう。法外な額を払ってでも、処理に困った死体を消して欲しい奴はいくらでもいるはずだ。金がたんまり貯まったから、危険な掃除屋を引退して、便利屋稼業にシフトチェンジしたとか。

いや、今も充分危険だぞ。これで無料だなんて割に合わないだろ。何を考えているのか理解できない。

間違いなく、月子は裏社会を生きていた。左目の傷は、そのときにできたのか。

……そんな女の存在を、九歳の駿がどうやって知ったんだ。

急ブレーキでバイクが停止して、体が振り落とされそうになった。

「降りて」

「もう着いたのか」

バイクを強奪してから、三分と経っていないんじゃないか。

顔を上げると、目の前にファンシーな外装のラブホテルがあった。《ドリームキャッスル》と看板が出ている。

「行くよ」

月子がバイクを降り、ラブホテルへ入っていこうとする。

「待て。何か武器を持っているのか。椎名って男は凶暴で有名なんだろう」

「何も持ってないわ」

丸腰かよ……。体力に自信はあるが、喧嘩の経験はほとんどない。ガキの頃から体が大きかったし、サッカー三昧だったので、誰も喧嘩を売ってこようとはしなかったのだ。

「それで、どうやって女の子を助けるんだよ」

「これを使ってくれ」

背後からくぐもった声がした。振り返り、俺はギョッとして体を反らす。

着ぐるみのトナカイが、《歌い放題》と書かれた看板を持って立っていた。

何だ、こいつ？　サンタクロースの服を着た女の子が、椎名という男に連れ込まれるのを目撃してたのか。

「助かるわ」

月子が、トナカイの手からカラオケ店の看板をもぎ取り、俺に渡した。

「えっ？　お、俺？」

「あなたのほうがリーチは長い」

リーチの問題かよ。こんなもので殴ったら相手は死んでしまうんじゃないか。

トナカイは、役目を終えたとばかりに小走りで去っていった。一体何なんだ。

月子が、俺を置いてラブホテルへと入った。

「マジかよ」

カラオケ店の看板を担いでラブホテルに入るところなんかを、週刊誌に撮られでもしたら
……。

もう、どうでもいい。

こうなりゃヤケクソだ。

二分後。俺は七人の小人が見守るラブホテルの一室で、ブーメランパンツを穿いたマッチョマンと向き合っていた。

「有名人なのにトラブルに首を突っ込むんだ」マッチョマンが、ニタニタと下衆《げす》な笑みを浮かべる。「マスコミが嗅ぎつけたら盛り上がるね」

「うるせえ」

「もうサッカーができないようにしてあげるよ」

「黙れ！」

こいつが椎名なのか？　イメージと全然、違う。もっといかつい男だと思っていたが、目の前に立っているのは、下着のモデルでも通用しそうなハンサムな男だ。

だが、油断はできない。

部屋のドアを開けた瞬間、サンタのコスプレをした女の子の両足を持ち、頭から血を流しながら仁王立ちで立っている姿を見たときは度肝を抜かれた（女の子は逆さに吊られているので、薄いピンクのパンティが丸見えだった）。

あの子はやっぱり、ドン・キホーテで見た女子高生だった。何があって、ミニスカサンタに着替えたのかは知らないが、レイプされる寸前だったのには違いない。

間に合って良かった。月子のおかげだ。彼女には、今、このフロアのエレベーターの前で、ホテルの従業員や警察が来ないか見張りをしてもらっている。

絶対に負けられない戦いがここにある。俺は、ＰＫ戦のときの集中力にまで自分を高めた。

相手の動きを読め。筋肉の動きを見逃すな。

「大丈夫です」ベッドに放り投げられたばかりの女子高生が言った。「自分のことは自分で何とかします」

「ダメだ」俺は、椎名から目を逸らさず、言った。「素直に人に助けてもらえ。自分一人で問題を解決できると思うな」

俺も一年前、人に相談していれば、肩を怪我せずに済んだのだ。不運のすべては、クソみたいなプライドのせいだ。

「いいこと言うなあ。感動したよ」

椎名が、ノーガードで距離を詰めてきた。

舐めるなよ！　椎名の顔をめがけて看板を振り抜いた。

たしかな手応えとともに、椎名が二メートル以上離れたソファまで吹っ飛んだ。

「お、おい、大丈夫か」思わず、声をかける。

もしかして、俺はサッカーよりも野球の才能があったのだろうか。

「早くここから出るよ」

ようやく月子が部屋に入ってきた。ベッドの上の女子高生が目を丸くした（俺の登場のときは、呆然《ぼうぜん》としていた)。

「でも……こいつ、頭から血が出てるぞ」

さすがに心配だ。できるなら救急車を呼びたい。

「いいから。死にはしないよ」月子が、俺の腕を摑み、女子高生を見る。「アンタもさっさと立ちな」

「立ちたくても立てへんのよ」女子高生が顔を歪《ゆが》める。

「どこか怪我したんだね」月子が舌打ちをする。

「俺がおんぶするよ」

俺は、ベッドの脇に腰を下ろした。女子高生をここに置いていくわけにはいかない。

「急いで」月子が、急かす。

女子高生が、俺の背中に乗った。びっくりするほど軽い。

「行くよ」

俺は、女子高生を背負いながら部屋を出て行く月子を追った。

「ありがとうございます。赤の他人のウチなんかのために……」女子高生が耳元で言った。

「お礼ならあの女の人に言ってくれ」

「えっ？　何で？」

「あの女の人が君の危機を救ったんだ。俺はついてきただけだよ」

掃除屋月子。すごい女だ。

「何よ、これ」

月子がドアの前に置いてある白い袋を覗いている。女子高生が、ドン・キホーテで担いでいたやつだ。

月子の手に、三つの札束がある。

「金？　本物なのか？」俺は白い袋の中を覗き込んだ。「これは……君のお金なのか」

「違います」

札束がぎっしりと詰め込まれている。一千万や二千万どころじゃない。どう見ても、一億円以上入っている。

「じゃあ、裸の男の金か」

「違います」

「ちゃんと、説明してくれ。じゃないと、君を助けることができない」俺は、女子高生を背中から下ろした。

また、予測不能の事態だ。俺の悪夢はいつになったら終わるんだよ。

「ウチの話を信じてもらえるんやったら話します」女子高生が、痛みに顔をしかめて壁にもたれる。

「信じるわ」月子が即答する。

「このお金は、身代金なんです」

「身代金？」

何を言ってるんだ、この子は？

「この少女が誘拐されたんです」

女子高生が、白い袋の横に落ちていたスマートフォンを拾い、待ち受けの画面を見せてきた。

おさげの髪でピースサインをしている女の子。幼稚園児だ。

「この子、どこかで見たことがあるぞ」どこで見たかは咄嗟《とっさ》に思い出せない。「ネットから引っ張ってきた画像じゃないのか。この子と君の関係は？　歳の離れた妹なのか」

「違います。名前も知らない女の子です。身代金を運んでいた父親が、ウチの目の前で車に轢かれたんです」

「その父親は死んだの？」月子が、表情を変えずに訊く。

「たぶん、死んでないと思います。その人もサンタクロースの服を着ていたのでよく確認はできなかったですけど」

「サンタクロース？　もしかして、さっきの御堂筋の事故か」

女子高生が頷く。「サンタクロースの父親から、娘を助けるために代わりに身代金を運んでくれとお願いされたんです」

「そんな無茶な話を信じろってか。会ったこともない他人のために、そんな危険な真似をするなんて考えられない」

今日は俺の周りでありえない出来事が立て続けに起こっている。

「北別府さんも、会ったこともないウチのために戦ってくれたじゃないですか」

「そうだけど……」俺は、何も言い返せず、鼻の頭を掻いた。

「わたしは信じる」月子が、俺を睨むように見る。

「ダイレクトメッセージで犯人とやりとりしてたんです。父親と犯人のやりとりは消すように指示を出されたので残ってません」

月子が女子高生の手からスマートフォンを取り、確認する。

「赤鼻のルドルフだって」

月子が鼻で笑い、俺にスマートフォンを渡した。

その名前はよく知っている。逃げ続けている誘拐犯だ。

「犯人はずっと、身代金を運ぶウチのことを監視してました。このサンタの衣装も、ドン・

キホーテで買って着ろと指示を出してきたんです」

「マジかよ……」俺はダイレクトメッセージを読もうとしたが、ショックで文字が頭に入ってこない。「大変な事件じゃないか。どうして、警察に届けないんだよ」

「少女が殺されるからよ」月子が冷たく言い放つ。「この犯人は、至近距離で身代金をずっと見張っている」

「今、この瞬間もかよ」

言いようのない怒りが、腹の底から込み上げる。

「早く身代金を運ばなきゃ、少女が殺されてしまいます」女子高生が、泣きそうな顔で訴えた。

「その足じゃ無理よね」

月子が、例の目つきでジッと俺を見つめる。

「何だよ、その目は」

だから、やめろ！　俺を見るな！

「あなた自身が決めることよ」

ふざけるな。レイプされそうだった女子高生を助けた時点で、俺の役目は終わりだろ。

赤鼻のルドルフの事件に関わったりすれば、俺の将来はぐちゃぐちゃになる。そうならいために、血の滲《にじ》むような思いで努力を重ねてきたのに……。

駿の顔が、頭に浮かんだ。もう、ディナーの約束には間に合わない。

俺の口から、また勝手に言葉が漏れた。

「わかった。次は、俺が身代金を運ぶ」

ごめんよ、坊主。父さん、今年も会えないや。

12　十二月二十四日　午後六時

「里崎知子です」

ミニスカサンタの格好をした女子高生がペコリと頭を下げる。

俺は、知子を背負ってラブホテルから離れ、御堂筋へと戻った。身代金の入った白い袋と赤鼻のルドルフから連絡が入るスマートフォンは、月子が持っている。

ホテル日航大阪の前。御堂筋の人通りはさらに増えていた。

「悔しいの？」月子が、知子に訊いた。

知子は顔を赤らめ、口をへの字にして頷く。「ウチ一人じゃ何もできないことがよくわかりました」

その気持ちは俺も同じだ。月子がいなければ、今頃は、目の前の少女がレイプの被害にあっていたのだ。

月子が、「あんたも何か言ってあげなさいよ」という目で俺を見る。

落ち込んでいる人間を励ますのは大の苦手だ。

「身代金をここまで運んだのは偉い。あとは俺に任せてくれ」

知子が、さらに顔を赤らめる。

もしかして、俺のファンなのか。

「よかったら、握手しようか」俺は右手を差し出した。

「は、はい」知子がクシャクシャの笑顔になり、両手で握り返す。「応援してます。これからも日本代表のゴールを守り続けてください。あっ、スカパー!でブンデスリーガも観てます」

「嬉しいな。気合いを入れて戦うよ」

少し気分が楽になった。俺にできることはこれぐらいだ。

月子が、タクシーを止めた。ライダースジャケットのポケットから一万円札を出し、ぶっきらぼうな仕草で知子に渡す。

「ゆっくり休んで」

「ありがとうございます」知子が、深々と頭を下げる。

「今日のことは誰にも言っちゃダメよ」月子が、周りを気にする素振りを見せる。

赤鼻のルドルフが、どこかから見ている。

御堂筋に戻ったのは、月子のアドバイスだ。「誘拐された少女が殺されないために、身代金の無事を知らせたほうがいいわ」と言った。

冷静かつ、的確な判断だと思う。咄嗟に他人のバイクを奪った行動力といい、犯罪もいとわない度胸といい、とんでもない女だ。

知子がタクシーに乗り込み、寂しげに手を振りながら去っていった。不甲斐ないプレーで交代させられたサッカー選手みたいな表情だ。普通なら、身代金を運ぶことから解放されてホッとするはずなのに。

あの若さで凄い子だよ。会ったこともない他人のために体を張る女子高生なんて、そうはいないだろう。

「連絡が入ったわ」

月子が、スマートフォンを俺に見せる。

《選手交代ですね。二人で仲良く、身代金を梅田まで走って運んでください　赤鼻のルドル

フ》

仲良くだと？　どこまで人をおちょくれば気が済むんだ。どこにいやがる？

人が多く、誰がこっちを見ているかわからない。そもそも俺はちょっとした有名人なので、他人からは常にジロジロ見られる。

「キョロキョロしないで」月子が釘を刺す。

「一本、電話を入れてもいいか」

俺は自分のスマートフォンを出そうとした。

「何を考えてるの。少女が殺されるわよ」

「そうだよな」慌ててスマートフォンをコートのポケットに戻す。

不用意に電話をかければ、警察に通報していると思われかねない。

「誰にかけるつもりなの」月子が睨む。

「代理人の男だ。もしものときのためだ」

「電話を預かるわ」月子が手を出す。

「マジかよ……」

「あなたが電話をしようとしたのを赤鼻のルドルフが見ていたかも」

俺は渋々、スマートフォンを渡した。

月子はそれを受け取るや否や、アスファルトに叩き付けてウエスタンブーツで踏みつけ、再起不能にした。

「な、何をするんだよ！」

「信頼を得るためよ」

「信頼？　相手は人間の屑だぞ」

「誘拐事件で一番大切なのは信頼なの。赤鼻のルドルフに身代金を渡し、監禁されている少女を助け出すのが最優先よ」

もう、殺されてるかもしれないけどな。

さすがにそこまでは口に出せない。俺だって人の親として、少女には生きていて欲しい。だが、どうしても最悪のケースが頭を過《よぎ》ってしまう。追い詰められた人間というのは、思いもよらない行動を取るものだ。

一方、月子は早々に打開策を考えている。つくづく、視野が広い女だ。サッカーでも、最近は体力や技術より、インテリジェンスが求められる。バルサのシャビや、イニエスタなどがいい例で、視野を広く持ち、ゲームをコントロールできる者が勝つ。小柄な彼らが世界のトップに君臨しているのは、そのためだ。

「走るわよ」

月子が、足下に置いていた身代金の白い袋を担ごうとする。

「俺が持つ」

月子よりも先に、白い袋を右肩で担いで持ち上げた。

俺が貢献できるのは、腕力ぐらいだ。

それにしても、少女を誘拐された父親は、よくぞこれだけの現金を用意できたものだ。

赤鼻のルドルフは、富豪を狙う。去年、ターゲットにされたのは、軽井沢に別荘を持っている建築会社の社長だった。

「もしかして、サッカーの北別府選手っすか」

突然、スタジャンの下にサムライブルーのユニフォームを着た、大学生ぐらいの若者に声をかけられた。

「今は違う」

「今は？」若者が、ぽかんと口を開ける。

「ごめん。急いでるんだ」

俺は、身代金の白い袋を担ぎ直し、走り出した。月子も、並走して追ってくる。

身代金を運び終えるまでは、サッカー選手であることを捨てる。保身を考えれば弱気になり、やがてパニックに襲われ、最悪の事態を招く。

奇妙な光景だった。

クリスマス・イヴのイルミネーションに輝く御堂筋を、熊のようなガタイの男が白い袋を担ぎ、サソリを背負った金髪の眼帯女と並んでランニングをしている。

「何かスポーツをやっていたのか」俺は、月子に訊いた。

月子は相変わらず、背筋を伸ばした美しいフォームだ。短距離ではなく、中距離をこなしてきた者の走りだ。

「無駄な質問をしないで」

「チームワークのためだ。誘拐された少女を助けるのが最優先だろ」

月子が、わずかに顔を歪める。だいぶ、彼女の表情の変化がわかるようになってきた。ドイツ語を話せない俺は、ほぼ表情とボディーランゲージで、味方チームの選手とコンタクトをとっている。心を読むのは得意だ。

「バスケットボールかサッカーをやっていただろ」俺は質問を続けた。

「どうしてそう思うの」

「長い距離には慣れているけど、陸上部の走りじゃない」

月子の走りは、ゲーム中、常にボールが動き続ける球技の経験者のそれだ。

「バスケよ。高校まで続けた」

「どこの高校だ」

「ごく普通の公立校よ」

意外だった。月子の運動神経からして、スポーツ系に強い名門校かと思った。

「今もトレーニングをしているのか」

月子は、年齢不詳だった。二十代前半にも三十代後半にも見える。

「ジムに通ってるわ。仕事仲間がインストラクターをやってるの」

これまた意外だ。てっきり、月子は一匹狼だと決めつけていた。

ますます興味がわいてくる。この女は、普段、どんな暮らしをしているのだろうか。

「結婚はしているのか」

長堀通の信号待ちで立ち止まり、訊いた。御堂筋を挟んで向かいにシャネル。長堀通を挟んで斜め向かいにルイ・ヴィトンがある。

「それを訊いてどうするの」

月子は、俺を見ずに、前を向いたまま答える。

「別にどうもしない。知りたいだけだ」

「さよならしたわ」月子の声が微かに掠《かす》れる。「掃除屋時代、わたしにも家庭があった」

「さよならっていうのは……」

「もう二度と会えないの」

俺と同じ離婚か？　いや、もっと決定的な別れを思わせる気配を漂わせている。

「子供はいたのか」

「娘が二人」

信号が青に変わる。月子が、逃げるようにして先に走り出す。

俺は追いかけながら質問を続けた。

「掃除屋を辞めた理由を教えてくれ」

「これよ」

横断歩道の真ん中で、月子は眼帯を捲《めく》り上げた。左目が白く濁っている。

俺は絶句した。かける言葉が見つからない。

「片目で掃除屋を続けることはできない」

「じゃあ、視力を失ったのは最近なのか」

月子が眼帯を戻し、頷いた。「ナイフで刺されたの」

マジかよ……。どんな事態が起これば、眼球をナイフで刺されることになるんだ？

それ以上は質問できなかった。

長堀通の横断歩道を渡り、御堂筋をさらに北へと進む。

二人ともずっと無言だった。

月子には、壮絶な過去がある。話の感じでは、掃除屋のときはそれなりに幸せな暮らしを送っていたようだが。

幸せなのに、なぜ、人生が破滅するほどのリスキーな仕事を辞めなかったのだろう。

月子の胸元で、シルバーのネックレスのカエルが跳ねている。

背中のサソリは、月子の性格を表していると言っていたが、カエルもそうなのだろうか。

サソリとカエル……。どこかで聞いたフレーズだ。

思い出した。また暴走列車のエリックだ。


「サソリとカエルの話と同じだよ」

試合後のロッカールームで、エリックは言った。

その日、格下の相手に、まさかのホームで負けた。もちろん、原因は多々あるが、そのうちの一つが、エリックのドリブルだった。馬鹿の一つ覚えみたいにキープして、味方にパスを一切出さず、敵陣に切り込んでいったせいで玉砕した。せっかくのスタメンだったにもかかわらず、後半になると、エリックがボールを持つたびにホームのサポーターのブーイングが起きたほどだ。

その日、チームメイトは、ピリピリとした空気のまま、エリックに挨拶もせずに帰っていった。ロッカールームに残っているのは、俺とエリックだけだった。

説教する気はなかったが、さすがに今回ばかりは、「どうして、ドリブルしかしないんだ」と訊いた。すると、エリックがこう答えたのである。

「サソリとカエルの話と同じだよ」

こいつ、童話か何かに引っ掛けて、ごまかすつもりなのか。

「真面目に答えろよ」

「非常に真面目だよ。僕の性格をたとえたんだ」

「サソリとカエルかよ」

エリックが軽く頷き、なぜか、得意げに胸を張る。

「サソリくんは川を渡りたいけど泳げない。だから、カエルくんにお願いした。『キミの背中に乗せてくれないかい』カエルくんは言った。『嫌だよ。キミはボクの背中を尻尾で刺すだろう』サソリは答える。『そんなことしたら、ボクまで溺れるじゃないか』カエルくんは信じてサソリくんを背中に乗せた」

何の話だよ。思わず舌打ちをしそうになる。

「でも、川の真ん中でサソリくんはカエルくんの背中を毒のある尻尾で刺したんだ。カエルくんは沈みながら言った。『刺さないって約束したのに』サソリは答える。『仕方ないんだ。これがボクの性《さが》なんだから』」

「エリックのドリブルも性だと言いたいのか」

「そうだね」エリックは悲しげに目を伏せた。「自分では止めることができないんだ」


月子も性に逆らえないでいる。

「誰かの人生にわたしが必要なら、命を賭けても惜しくない」

依頼料がゼロな理由はこれなのか。エリックの話を聞いたときは、なに言い訳をしてるんだと思ってたけど、誰にでも、自分ではコントロールできない性というものはある。

俺の性は何だ？　たとえ、死に直面しても抑えることができない衝動……。

身に覚えがある。

でも、認めたくはない。

心斎橋を離れ、人通りが減ってきた。それでも赤鼻のルドルフは、俺たちをどこかで見張っているのだろうか。

南船場を越え、左手に御堂会館が見えて来た。もうすぐで、本町だ。

「なあ、月子」俺は初めて、〝相棒〟の名前を呼んだ。「赤鼻のルドルフは、梅田のどこで身代金を受け取るつもりだと思う？」

「わからないわ。指示どおりに運ぶだけよ」

機嫌が悪い。家族や過去の話を訊かれたせいか。

「奴が梅田を選んだのには何か理由があるはずだ」

梅田に出れば、また人通りが多くなる。目立たない場所を受け取り場所に指定すれば、うまく逃げ切れる可能性は大きくなる。

赤鼻のルドルフが、長時間、身代金を運ばせる意図が読めない。

「今は余計なことは考えないで」

「余計ではないだろ。身代金の受け渡しをより確実にするためには、あらゆる事態を想定したほうがいい」

サッカーでも、試合前のゲームプランが勝敗を分ける。相手が前のめりで攻めてくるのか、カウンター狙いで引いて守るのか。それを予測してスタメンを決め、サイドから崩すか中央を突破するかロングボールを放り込んでこぼれ球を拾うか、ディフェンスラインはどこまで上げるか、考えることは山ほどある。

赤鼻のルドルフの心を読め。なぜ、梅田なんだ？　梅田のどこなんだ？　そして、この白い袋に入った身代金をどうやって受け取るつもりだ？

だが、この手で奴を捕まえる気はさらさらなかった。

名前も知らない少女を助けること。何度も言うが、それが最優先だ。

「素人があれこれ考えるとロクなことにならないわ」月子がさらに素っ気ない態度で言った。「プロのサッカーのゲームに、サッカーのできない人が紛れ込むようなものよ」

「そんな言いかたをすれば、元も子もなくなる。もっと、前向きに考えようぜ」

月子があからさまに鼻を鳴らす。「あんた、馬鹿なの？」

「な、なんだと？」

「先に言っておくわ。馬鹿はすぐに死ぬわよ」

「うるせえ」

ムカついたが、月子との距離がほんのわずか縮まった気がする。さっきの際《きわ》どい質問は無駄じゃなかった。

前方に阪神高速の高架が近づく。中央大通だ。

信号待ち以外はずっと走っているので、さすがに息が上がってきた。このペースでは、梅田に着く頃にはバテる。赤鼻のルドルフと対峙しなければいけないのに、思いどおりに体が動かないのはマズい。

もう少しペースを落とさないかと提案しようとしたそのとき、月子の手からバイブ音が鳴り響いた。スマートフォンが震えている。

俺たちは、走るのをやめて立ち止まった。

「奴からダイレクトメッセージが入ったのか」

画面を覗く、月子の顔が険しくなる。無言のまま、答えない。

「どうしたんだ？　見せろ」

俺は、月子の手から強引にスマートフォンを奪った。

《赤鼻のルドルフ》

……着信表示だ。奴が、直接、電話をかけてきている。

「出たほうがいいわ」

「俺が？」

月子が、唇を嚙み締めながら頷く。

俺は腹を括った。月子にも会話が聞こえるように、スピーカーで電話に出る。

「もしもし」

短い沈黙のあと、聞き覚えのある声がした。

『父さん……助けて』

俺の一人息子、駿の声だ。

13　十二月二十四日　六時三十分

俺は、息をするのも忘れていた。

景色が俺の周りをゆっくりと回る。膝から下の力が抜け、まともに立っていることができない。

「本当に駿なのか」

自分の声なのに、誰かが吹き替えで喋っているように感じる。

『本当だよ』

恐怖に怯えているというより、強く恥じているような声。久しぶりに聞いた駿の声に、胸が締めつけられる。

なぜ、このスマートフォンに駿がかけてくるんだ。

「今、誰といるんだ？」俺は、ゆっくりと訊いた。自分を落ち着かせるためでもある。

『赤鼻のルドルフって人』

こめかみの血管がブチブチと音をたてて切れた。目眩で回っていたイルミネーションの光がさらに加速する。

俺の一人息子が……駿が誘拐された。

薄暗い地下室のような場所で、ロープか手錠で拘束されている駿の姿が目に浮かぶ。ネガティブなイメージというのは、一度持つとどんどん強くなる。

いつ？　どこで？　どうやって？

「今、駿はどこにいるんだ」

『それは言っちゃダメなんだって』

赤鼻のルドルフが、そこにいて、駿に電話をかけさせたのか。

怒りが絶頂を超えて、吐き気がしてきた。胃が鷲掴《わしづか》みにされたように痛い。胃液の混じった酸味の強い唾液が口内に溢れる。

殺してやる。もし、駿の身に何かがあったら、俺は奴を殺す。

「駿。隣にいる人に訊いてくれ。何が目的なんだって」

『わかった』

駿が電話を離した様子が伝わってきた。隣にいる何者かから指示を受けているのはわかるが、何も聞こえない。

たった数秒が永遠のような時間に感じ、俺は焦れったさで全身の血が逆流しそうになっていた。

　ようやく、駿が戻ってきた。

『そっちのスマホの待ち受け画面の少女は、誘拐してないんだって』

　どういうことだ？

　俺は、月子と目を合わせた。月子は表情をピクリとも変えず、耳を澄ませている。

　この誘拐は、初めから駿を狙ったものなのか。じゃあ、さっきの女子高生は、偶然ではなく、計画的に俺の前に現れた？

　俺は、必死で足りない頭を回転させた。サッカー以外のことで脳みそを使うのは苦手だが、今はそんなことを言っている場合じゃない。駿の命がかかっている。

　あの女子高生は赤鼻のルドルフの一味か？　まったく、そんな風には見えなかったぞ。どう考えても、あの子は利用されただけとしか思えない。

「駿、どこも怪我はしてないか」

『うん。僕は大丈夫』

「痛いことはされてないか」

『されてないよ。心配しないで』

　その気丈な返事に、涙が溢れる。

つい最近まで〝坊主〟だったのに、いつの間に、こんな逞しい男の子に成長したのだろう。

九歳の駿が戦っている。父親の俺が、メソメソしてどうするんだ。

俺は気迫で涙を止めた。

『息子を返して欲しいのなら、命をかけて身代金を梅田まで運べ』駿が、棒読みで言った。

『息子を殺されたくなければ、警察には連絡するな』

月子が、小声で言った。「あらかじめ用意されている文章を読まされてるわね」

なんて文章を読ませてるんだ。駿の気持ちを考えると、怒りのあまり全身が引きちぎられそうになる。

俺は体をブルブルと震わせながら、言った。

「待ってろよ、駿。父さんが絶対に助け出してやるからな」声だけは、平静さを保つ。駿を動揺させたくはない。

『うん。僕は待ってるよ』

唐突に通話が切れた。

もう二度と駿と話すことができないかもしれない。今のが最後の会話になるかもしれない。

そう考えただけで、気が遠くなりそうになる。

俺は、御堂筋を見渡し、絶叫した。

「赤鼻のルドルフ！　こそこそ隠れてねえで出てきやがれ！」

すぐさま、月子が俺の頬を強く張る。

「取り乱すな」

「わかってる」

俺は我に返り、大きく息を吐いた。左頬の痛みが心地よい。

大声を出したのと月子にビンタをされたのとで、頭の中がシャッキリとなった。もう取り乱さない。駿が俺を待っている。

「今の電話で二つのことがわかったわ」月子が俺の手からスマートフォンを取る。「赤鼻のルドルフには協力者がいる」

それは、俺にもわかった。

どこの誰がこの狂気の計画に手を貸してやがる。

「この御堂筋で俺らを見張っている奴が、協力者ってことだな」

「それはわからない。駿君を監禁しているのが協力者かもしれないわ」

「あんたが駿と最後に会ったのはいつだ？」

「十日前よ。依頼を受けてからは会ってないし、連絡も取っていない」

「依頼人なのに？」

「駿君はケータイや自分専用のパソコンを持っていないから、メールもできないのよ。明日、調査結果を教えるために、またあの喫茶店で会う予定だったの」

そうだ。いつも、駿とメールをするときは、元妻と駿の二人が使うＶＡＩＯのノートパソコンのアドレスに送っていた。元妻は、教育や躾《しつけ》に関しては厳しい。

俺は、もう一度、御堂筋を歩いている人間たちを観察した。

カップル。スーツ姿のサラリーマンやＯＬ。買い物かごを抱えた主婦。学生たち。居酒屋の前でたむろするサムライブルーのユニフォームを着たグループ。その他にも、自転車や車で通り過ぎる人たちもいる。

「ちくしょう」

指が折れそうなほど、拳《こぶし》を握り締めた。今は冷静さを保てているが、奴を目の前にしたときに、俺は自分を抑えることができないだろう。

「走るわよ。わたしたちにできることは、それしかないんだから」

月子が、歩道に放置していた身代金の白い袋を俺に渡す。

この女がいてくれて、本当に助かった。俺一人だったらどうなったかわからない。

月子は俺の顔を、また例の目でジッと眺めたあと、梅田方面へと走り出した。

「もう一つわからないことがある」俺は月子に追いつき訊いた。「誰がこの身代金を用意したんだ」

「知子の話だと、サンタクロースの服を着た中年の男よ」

「意味がわからねえ。そいつは誰なんだ」

まさか、本当のサンタクロースというわけではあるまい。赤鼻のルドルフが、先にその人物を脅し、身代金を用意させたのだ。

俺の関係者か？　こんな大金を集められるのは、自ずと限られてくるが、まったく心当たりがない。

「何よ。あれ」月子が、眉をひそめた。

御堂筋を挟んで反対側の歩道を、サムライブルーのユニフォームを着た連中がこっちを見ながら走っている。さっき、居酒屋の前にいたグループだ。

「しまった。サポーターに見つかったか」

十人近い人数だ。ほとんどが若者の男女だが、おじさんやおばさんもこっちに向かって笑顔で手を振りながら必死に走っていた。

「大きな声だすからよ」月子が走りながらため息をつく。「あんたって、本物の馬鹿ね」

「うるせえ」

「あの連中を何とかしてよ。こっちに来るわ」

「わかった。追い払う」

サムライブルーの軍団が、青になった横断歩道を渡ってきた。

どうする？　人生最大のピンチだというのに、ファンに構っている暇はない。ただ、追い払いかたを工夫しなければ、よりいっそう人が集まる危険性もある。

「暴力はだめよ」

「よく言うぜ。自分はバイクの子を蹴り飛ばしたくせによ」

「あれは緊急だから仕方がないの。事前に断ったしね」

サムライブルーの連中が、獲物を見つけた狼の群れの如く押し寄せてくる。見事な連携のフォーメーションで取り囲まれた俺たちは、足を止めるほかなかった。

「北別府さん、握手してください」

先頭を走っていた男が、突進しながら両手を出してきた。不精髭で、頭がボサボサの中年男だ。強烈なタバコの臭いが鼻をつく。

なんだ、こいつは？

冬だというのに、顔中が汗だくで両肩で激しく息をしている。よほど、日頃から運動不足なのだろう。肌が不健康に浅黒く、目の下の隈《くま》も酷い。

俺は、なるべく笑顔が引き攣らないよう注意しながら、その男と握手した。

ゴツゴツと骨張った感触。手を離そうとしてもしつこく握ってくる。

「本物だ。本物のベップだよ」首にタオルを巻いた色黒の若者が、感動で目を潤ませる。

「私たち、今日、長居スタジアムに行ってきたんです」三つ編みの女の子が、馴れ馴れしく腕を触ってきた。「めっちゃかっこよかったです」

「ありがとう」

残りの連中も遠慮なく触ってきたり、ケータイのカメラを構えたりした。

「ベップさん、笑ってやあ」

おばさんが指示を出しながらシャッターを切った。さすが、大阪人のサポーターだ。どこまでも図々しい。

マズい。他の通行人たちも何事かとサポーターの輪に加わってきた。

「この方は、恋人さんですか」

最初に握手を求めてきた不精髭の中年男が、月子を指した。

「婚約者よ」俺が答えるより先に、月子が言った。

サポーター連中が悲鳴に近い歓声を上げる。

この女、何を勝手なことを言ってんだよ。いくらカムフラージュとはいえ、友人でいいじゃねえか。

「左目はどうしたんですか？　怪我でもしたんですか」

また、不精髭の男だ。俺よりも、月子に興味を覚えている。

「ただのものもらいよ」月子が、不精髭の男を右目でジロリと睨む。

「ぜひ、お名前を教えてください」不精髭の男が、低く渋い声で訊いた。

月子の名前を知ってどうするつもりだよ。

残りのサポーターたちは、俺に対する興奮で、二人のやりとりには気づいていない。

俺は、不精髭の男の鬼気迫るオーラに警戒心を抱いた。肝臓でも悪いのか、目が黄色く、眉間《みけん》に五百円玉が挟めそうなほど深い皺《しわ》が刻まれている。

なぜか、月子はニタリと笑みを浮かべた。数時間前、喫茶店でフレンチトーストを食べたときと同じ顔だ。

「井戸内月子よ。あんたは？」

「モトダショウイチだ」

モトダショウイチ？　同じ名前の男を知っているが、この男ではない。

月子が「サポーターを追い払って」という顔で俺を見た。

「そろそろいいかな。試合のあとだから疲れてるんだ」俺は、サポーターにお願いした。

「疲れてんのに何で走るんですか」三つ編みの女が余計な質問をする。「て言うか、その白い袋は何が入ってるんですか」

「それ、俺も気になっとってん」色黒の若者が乗ってくる。

「今から人を助けるんだ」

俺は、駿の顔を思い出しながら答えた。

駿は、おにぎりが好きで、小さい頃から、何かあると元妻に握ってもらいかぶりついていた。口のまわりに米粒をつけながらニンマリと笑う駿の顔を見るたびに、俺は父親になれた喜びを噛み締めた。

「すげえ。ボランティアや」色黒の若者が、感動してまた目を潤ませる。

「俺も手伝いますよ」

不精髭の男が、猫背で近づく。

「大丈夫。わたしたちだけでやってのけるわ」

月子が、俺と不精髭の男の間に割って入った。

不精髭の男が、眉をひそめながら笑みを浮かべる。「では、頑張ってください」

喜んでいるのか、怒っているのか、悲しんでいるのか、まったく心が読めない表情だ。

「あなたもね」月子が意味深に呟く。

不精髭の男が軽く頭を下げたあと、サポーター連中に言った。

「北別府さんを解放してあげよう。これから大事な仕事があるそうだ」

サポーター連中から逃れた俺たちは、御堂筋をさらに北へと向かって走った。本町通の手前、左手にスターバックスがある。異様に喉が渇いた。冷たいチャイティーラテで一服したい。

もちろん、そんな時間はない。駿の顔がまた浮かぶ。

三歳の頃、駿が初めてついた嘘。家族で食事に行った帰り、店から駐車場までの短い距離を歩きたくなくて、駿は俺に抱っこをせがんだ。甘やかしたくなかったので「ダメだ」と突っぱねると、「お腹《なか》が痛い」としゃがみ込んだ。「わかったよ」と折れた途端、「やった！」とはしゃいで飛び跳ねる駿を見て、俺と元妻は大笑いした。

あのときの幸せはどこに消えた。いくら後悔しても決して時間は戻らない。

フランク・ミュラーの腕時計を見た。午後七時を回ったところだ。

俺は、そっと右手を開き、中にあるものを確認した。

折りたたんだ紙。モトダショウイチと名乗った不精髭の男が、握手をしたときに渡してきたものだ。

「待ってくれ」

俺は、靴紐が解けたふりをして、しゃがみ込んだ。固く縛ってあった紐をわざと解き、結び直す。

月子も立ち止まり、両手を膝に置いて首筋の汗を拭《ぬぐ》う。俺の手元は見ていない。

念のために、身代金の白い袋の陰で、折りたたまれていた紙を開いた。

コンビニのレシート。裏に走り書きのメモがある。

《私は味方だ》

その下に、090から始まる十一桁の数字。ケータイの番号だろう。

どういう意味だ？

メモを持つ手が震えた。目だけを動かし、凝った首を回すふりをして後方をチェックする。

サムライブルーの軍団の姿は見えない。

モトダショウイチは、俺たちを見ていたのか。白い袋の中身が身代金だと知っているのか。

「まだなの？」月子が、イラつきを隠さずに俺を見下ろす。

「悪い。待たせたな」

俺は立ち上がり、素早くコートのポケットにメモを滑り込ませた。身代金の白い袋を右肩に担ぎ、月子を追い抜く。

このメッセージを月子に知らせるべきか。

俺の直感は、「様子を見ろ」と結論を出した。まず、風貌だけで判断すれば、モトダショウイチはとにかく怪しい。現れ方も不自然だ。

「ねえ。あの不精髭の男は何者だと思う」

月子も同じことを考えていたようだ。

「単なるサポーターには見えなかったな。ユニフォームのサイズも合ってなかったし」

紺のスーツジャケットの下のサムライブルーは、ピチピチだった。

「これをやたらと見てたしね」

月子が走りながら、俺の右肩にある身代金の白い袋を叩いた。

「赤鼻のルドルフの仲間なのか」

月子が、首を横に振った。シルバーのネックレスのカエルがさらに弾む。

「あの人は味方よ」

「なぜわかるんだ」

「犯人の仲間が自分から接近してくると思う？」

「まあ、それは考えにくいな」

モトダショウイチ。

この名前が引っかかる。だが、《私は味方だ》と言うならば、連絡を取るべきなのか。しかし、俺のスマートフォンは、さっき月子に破壊された。

「いつまでとぼけるの」月子が、鬱陶《うっとう》しそうに舌打ちをする。「モトダショウイチから何か受け取ったんでしょ」

「み、見てたのか」

恥ずかしさで、顔面が熱くなる。

「見えなかったわよ。わたしは人より視界が狭いんだから」

「じゃあ、どうしてわかったんだ」

「あなたの不自然な態度でね」月子が、俺の靴を指した。「紐は解けてなかった」

「凄い観察力だな」

そんな素振りはまったく感じなかった。騙《だま》されていたのは、俺のほうだったのか。

「わたしが凄いんじゃない。物事をよく見てない人が多いだけよ」月子が、さも当たり前のような顔をする。

完敗だ。この女に隠し事は通用しない。

俺はスピードを落とし、コートのポケットからモトダショウイチのメモを取り出した。

「見るか？」

月子がスライドを狭め、俺のスピードに合わせる。「あなたが決めることよ」

月子は、俺の数倍も判断力があるくせに、肝心な決断を俺に委《ゆだ》ねる。

自分の責任は、自分で取れということか。

「見てくれ。ケータイの番号が書いてある」

俺は走りながら月子に近づき、目立たないように手を伸ばした。

どこかから見ている赤鼻のルドルフやその仲間に、メモを渡しているところを見られたくない。

「近づき過ぎよ」

月子が、俺から離れようとして車道ギリギリまで追い込まれる。

「メモを受け取ってくれ」

「まだ、見張られているのよ。怪しい動きはマズいわ」月子は、頑《かたく》なにメモを受け取ろうとしない。

「俺に決めろと言ったじゃないか」

「馬鹿な真似をしろとは言ってないわ」

とことん、可愛げのない女だぜ。

駿を助けるという共通の目的がなければ、二度と会いたくない。あまりにも住んでいる世界が違い過ぎる。

さっきから気になってしょうがないんだが、駿は、どこで、こんな女の存在を知ったんだ？

「じゃあ、どうすればいいんだよ」俺は、キレるのを堪えながら訊いた。

「他になんて書いてあったか、口で教えて」

「本当に見なくてもいいのかよ。俺が嘘を言う可能性だってあるぞ」

「あなたを信じるわ」

女子高生の知子を助けたときも、そう言っていた。

「モトダショウイチは、『私は味方だ』とこのメモに書いている。電話をかけたいんだ」

「無理よ」月子が、冷たく突き放す。

「でも、駿の情報を持っているかもしれないだろ」

尋常じゃない焦りが襲ってくる。一点差で負けている試合のロスタイムに入ったときよりも遥かに心臓がバクバクしている。

駿は、どこに監禁されているんだ？　梅田なのか？　いや、身代金の受け取り場所と監禁場所が同じわけがない。

「落ち着いて」

月子が走りながら、そっと俺の手を握った。指先が氷のように冷たい。

「無理だ。息子を誘拐されてるんだぞ」

また、目頭が熱くなってきた。

泣くな！　もっと強い父親になれ！

今まで、調子をこいていた皺寄せが、一気に来たんだろう。ガキの頃から運動神経がよく、サッカーでは誰にも負けなかった。プロになり、海外に移籍し、日本代表に選ばれて、金と名誉と、言い寄って来るビッチと自由にやれる権利を、手にした。そして、好き放題に生きた結果、天誅《てんちゅう》と呼ぶしかない罰が下り、家族を失った。

どの面《つら》下げて、駿と会えばいい？

月子が、ふいに立ち止まり、持っていたスマートフォンを俺に渡す。

「な、何だよ」

「モトダショウイチに電話をかければ？　今度は反対しない」

御堂筋を走る車のライトが、月子を照らす。ビジネス街のビルに囲まれる彼女の姿は、やけに神々しく見えた。まるで、クリスマス・イヴにだけ街に降臨する天使のようだ。

「……いいのか？　ここでかけるんだぞ」

「あなたが決めることよ」

腹を括れ。今は、一刻も早く、駿の情報が欲しい。本当にモトダショウイチが味方なら、駿が助かる可能性も高くなるはずだ。

躊躇せず、メモの番号をスマートフォンに打ち込んだ。

ワンコールめで、すぐに繋《つな》がる。

「もしもし」俺は、舌がもつれそうになった。

『誰だ』スピーカーから、渋くて低い男の声が響く。

たぶん、モトダショウイチだと思うが、念のために確認する。

「北別府保だ。そっちは？」

『モトダショウイチだ。ありがとう。よくぞ電話をかけてくれた』声が弾んでいる。

俺からの電話が嬉しいのか？

慎重にいけ。味方なのか判断するのが先だ。

「あんたは何者なんだ」

『今は、まだ言えない。だが、君たち二人を助けたい』

「あんたのメリットは何だ」

味方のふりをして、この白い袋の中の身代金を狙っているかもしれない。

モトダショウイチが鼻で笑う。『赤鼻のルドルフに借りを返したいだけだ』

「なぜ、笑う？」

『今の私にメリットという言葉があまりにも似合わないもんでね』

どうも、キザな野郎だ。

「具体的にどうやって助けてくれるんだ」俺は質問を続けた。

『情報を提供する』

「どんな情報だ」

『身代金を用意した人間を教えよう』モトダショウイチが、迷いなく答える。

さすがの月子も右目を丸くする。欲しかった情報が、こんなにあっさりと手に入るのか？

「だ、誰なんだよ」今度は、舌がもつれた。

モトダショウイチは、聞き取りやすい声で、嚙み締めるような口調で言った。

『君の代理人である瀬川だ。瀬川が身代金を用意した。そしてサンタクロースの格好をして身代金を運んでいた途中、御堂筋でベンツに轢かれた』

14　　十二月二十四日　午後七時三十分

ショックのあまり、俺はスマートフォンを落としそうになった。

「嘘だろ……。ありえない」

胸が圧迫されたみたいに苦しくなる。

月子を見た。また鉄仮面のような無表情に戻っているが、忙《せわ》しなく胸元のシルバーのカエルを指で弄っている。

『嘘ではない。私は三日前から瀬川の尾行を続けていた』

モトダショウイチが、自信ありげに言い切った。説得力のある力強い声だ。

「瀬川の容態は？」

『意識不明の重体だ。今、南堀江の総合病院で治療を受けている』

「今回は本当に赤鼻のルドルフの犯行なのか」俺は、混乱しながらも訊いた。

『どうして、そう思う？』

「だっておかしいだろ。駿を誘拐したのに、なぜ、父親の俺に連絡してこなかったんだ」

『それはわからない。赤鼻のルドルフのことだから何か狙いがあるとは思うが』

「あんたが目立つからよ」

月子が横から入ってきた。

目立つからだと？　たしかに、俺の周りには常に仕事の関係者やマスコミが張り付いている。チャリティーマッチがある中で、身代金を用意することは難しかっただろう。誘拐犯にとっては、それがリスクとなる。

だからといって、瀬川が金を用意したなんて考えられない。

『その声は、井戸内月子か？』

モトダショウイチの声に緊張が走る。月子を警戒している感じだ。

「そうだ」月子の代わりに、俺が返事をする。

『私からも二、三、質問がある』モトダショウイチが、訊いた。『君たちはどこに向かっているんだ』「梅田よ」月子が、答える。

『梅田のどこだ？』

「そこまで細かく指示はされてないの。ただ、走らされているだけ」

『アメリカ村のラブホテルで君たちが助けたサンタの女の子は、知り合いなのか』

そこまで、見ていたのかよ。こいつ、一体、どこに隠れていたんだ？　サムライブルーを着たあの格好ならば、すぐに気づきそうなものなのに。

「違う。あの子は赤の他人だ」

月子より先に、俺が答えた。

『わかった』モトダショウイチが、納得した声で言った。『とにかく、君たち二人は、身代金を無事に運んでくれ。息子さんの命が最優先だ』

なぜか、このタイミングで、あることをふいに思い出した。

このスマートフォンの待ち受け画像に使われていた幼稚園児の少女は、瀬川の娘だ。一度、写真を見せてもらったことはあるが、会ったことはない。そのとき見た写真は、まだ二歳ぐらいのときのものだった。

「あなたは、どこにいるの？」月子が、スマートフォンに顔を近づけ、訊いた。

『休憩中だ。今日は走りっぱなしでさすがに疲れた。すぐに君たちを追うから気にせず、梅田まで向かってくれ』

どこで休んでるんだよ。まさか、スタバとか言うなよな。

この男をどこまで信じればいいんだ。どうしても、月子のように、他人を闇雲に信じることができない。

「情報を待ってるわ」

月子が、俺からスマートフォンを奪い、通話を切った。

「もっと訊きたいことがあったのに」

モトダショウイチは、何者なんだ。

今の会話だけでは予測すらできない。

「行くわよ」

月子が、再び走り出す。背中のサソリが、車のヘッドライトに照らされて、キラキラと輝いて見える。

どうして、この女は、他人の息子のために、ここまで必死に体を張ってくれるのだろう。親の立場からすれば、聖人に見える。

「ありがとう」

俺は、素直に月子に礼をした。心の底から、他人に「ありがとう」を言ったのは何年ぶりか。もしかすると、初めての経験かもしれない。

家族にならあるが。

駿がこの世に誕生した日、俺は元妻に「産んでくれてありがとう」と言った。

九年前、俺はまだ二十一歳の若造だった。大阪のクラブチームでスタメンの座を勝ち取り、調子に乗りまくっていた時期だ。

当時の元妻はモデルの卵。食事会（コンパみたいなものだ）で出会い、付き合って一年足らずで籍を入れた。いわゆるできちゃった婚だった。若かった俺は、心のどこかで「この歳で父親かよ」と後悔していた。

ちょうどシーズンオフだったので、出産には立ち会うことができた。

人生で、一番緊張した数時間だった。元妻のほうは、陣痛が始まっても「何とかなるって」と楽観的に笑っていた。

夜中の一時。陣痛の間隔が狭まり、いよいよ、分娩室へと通された。

まず、驚いたのは、医者が付きっ切りでいてくれないことだ。若い女の助産師さんが三人だけなのである。一番年上でも三十代前半、一番若い子は、大学生ぐらいにしか見えない。

……大丈夫なのかよ。

もしも何かあったとき、俺はどうすればいいんだ？　手伝えることが何もない。

「パパさんはママさんの手を握ってあげてくださいね」

一番若い助産師に、そう言われた。

元妻の手を握ると、痛みを堪えているためか、恐ろしい握力だった。

男の俺は、今から起こることをイメージできない。それが何よりも不安だ。たまに、出産を「鼻の穴から西瓜《すいか》が出るようだ」と喩《たと》える人がいるが、そんなありえないことを言われてもますます混乱するだけだ。

元妻の陣痛の間隔がさらに短くなり、まもなく産まれるというときに、事件は起きた。

いきなり、分娩室に別の助産師が入ってきて、元妻に付いていたリーダー的存在の助産師の肩をぽんぽんと叩いたのである。

「はい。交代の時間よ」

「でも、もうすぐなんです」

リーダーの助産師がそう言っても、認められなかった。

「労働時間は守らなきゃ、怒られるよ」

おっしゃることは、ごもっともですけど、今じゃなくてもいいじゃねえか。

「お疲れ様です。ママさん頑張ってくださいね」

リーダーが、去っていった。代わりに、今来たばかりの助産師が、「よろしくお願いしますね」とリーダーのポジションを引き継ぐ。

マジかよ……。バイトのシフト交代じゃないんだぞ。

だが、他の二人の助産師も、元妻も、まったく動揺していない。男の俺だけがオロオロしている。マスクをしているのに、口の中が異様に渇いてきた。水が欲しいが、ウンウンと苦しんでいる元妻の手前、言い出し辛い。

そして、出産本番は壮絶だった。今まで聞いたことのない元妻の絶叫と表情に、腰を抜かしそうになった。

これは、たしかに、鼻から西瓜だ。

それなのに、助産師は「ゆっくり、もっとゆっくり出しましょうね」などと言う。

俺が「頑張れ」と励ましても、元妻は、「うるさい。あなたはぼーっと見てるだけじゃない」と、手を払いのけられたので、本当にぼーっと見てるだけになった。

俺が生まれたときも、母親をこんな風に苦しめたのか。俺だけじゃない。世の中の男たち全員は、女に苦痛を与えて誕生する。これだけ迷惑をかける存在なのに、どうして、女は男を愛してくれるのだろう。

生まれたばかりの駿が助産師に取り上げられたとき、ひっくり返るほど仰天した。何がどうなれば、こんなデカいものが出てくるんだ？　どんなに凄いスーパーゴールやファインセーブもままごとに見える。まさに奇跡だ。

「おめでとうございます。元気な男の子ですよ」

駿と初めて会った瞬間、俺は感動し過ぎて、泣くことさえ忘れた。

鬼の形相でいきんでいた元妻は、早くも母の表情になっている。

「ありがとう」

俺は汗だくの元妻の頬を撫でた。

元妻は微笑み、俺の手を握り返してくれた。

男は、女に絶対に勝てない。そう痛感した。

異変が起きたのは、その三十分後だった。産まれたばかりの駿の呼吸が突然、乱れ始めたのである。さっきまで、飄々としていた助産師たちが慌て出したのを見て、俺は呆然となった。

元気な男の子じゃなかったのかよ。

駿は、ＮＩＣＵ（新生児特定集中治療室）のある病院に搬送されることになり、俺が付き添いで救急車に乗せられた。

頭の中が真っ白になり、救急車での出来事をほとんど覚えていない。人間は、本当のパニックに陥ると、記憶が消えるのだと知った。

「安心してください。命に別状はありません」

医者のその言葉を聞いて、正気を取り戻した。ずっとぼやけていた景色が、クリアに変わる。

「赤ちゃんが産道を出るとき、苦しくて羊水にウンチをしちゃったんですね。その汚れた羊水を飲んで少し肺に入ったみたいです。軽度の肺炎なので、二週間程度でお家に帰れますよ」

天国から地獄に落とされ、また天国に引き戻された。

俺は、仰々しい機器の横にある保育器の中の駿を覗き込んだ。鼻に呼吸用のチューブを差し込まれ、静かに眠っている。

「ありがとうな、坊主」

俺は呟いた。

生きていてくれて、ありがとう。


「わたしにお礼を言う必要はないわ」

月子が怒ったような顔で立ち止まり、俺の前に立ち塞がった。走り続けたせいで、額に汗が浮かび、呼吸が乱れて大きく胸が上下している。

「じゃあ、ぜひ、金を受け取ってくれ。駿を助けてもらえるならいくらでも払う」

たとえ、それがこの白い袋に入っている身代金と同じ額でも惜しくない。

「金はいらない。代わりに」月子が、ひと呼吸おいて言った。「あなたの魂を見せて」

背骨に稲妻が走る。あのときのＮＩＣＵの医者の言葉のように、一人の言葉が、俺をパニックから救い出してくれた。


俺の知っているモトダショウイチは〝元田章一〟だ。

去年、赤鼻のルドルフの誘拐を阻止したものの、五歳の男の子を見殺しにした刑事だ。たしか、責任を取り、刑事を辞職したはずだ。異例ともいえる、本人による謝罪会見もあり、かなりニュースや情報番組で流れた。

さっきの男は〝元田章一〟なのだろうか。顔にまったく記憶がないが。

同姓同名なだけか。いや、違う。赤鼻のルドルフが絡んでいる以上、あの男が、あの元刑事で間違いない。

元田章一は、顔を変えたのだ。

なぜ？　言うまでもない。

刑事を辞めても、赤鼻のルドルフを捕まえるのを諦めていないからだ。元田章一は面が割れている。犯人と対峙するには、〝顔〟が邪魔になる。

マジかよ……。

元田章一の執念に、俺の全身の血は一瞬で冷たくなった。

第三章　元刑事は身代金を追う

15　十二月二十四日　午後三時

私の目の前で、尾行中のターゲットがベンツに撥《は》ねられた。

サンタクロースの衣装を着た瀬川康行が宙を舞い、アスファルトに叩き付けられていた。私は駆けつけたい衝動を何とか堪えた。

アイツが見ている。下手に動くな。

ひと呼吸置き、集まってきた野次馬の中に溶け込んだ。あくまでも自然に振る舞い、たまたま事故を目撃した通行人の一人になれ。

「見た？　今の？」野次馬の一人が、興奮した口調で言った。「サンタクロースが女子高生を助けたで」

馬鹿野郎が。自分の娘が誘拐されているときに、人助けをしている場合じゃないだろうが。死ぬなよ、瀬川。

下腹からジリジリとせり上がっていく焦燥感に、居ても立っても居られなくなる。被っている帽子を地面に叩き付けたい。

冷静になれ。パニックになったら、赤鼻のルドルフの思うつぼだ。

右手を強く握り、指の骨を鳴らす。刑事時代からの自分を落ち着かせるための癖だ。

刑事を辞めたことは後悔していない。だが、またアイツを逃してしまえば、一生、悔いが残ることになる。

私の名前は、元田章一。一年前までは、警視庁の刑事部捜査第一課の特殊犯捜査第一係に所属していた。現在は無職。赤鼻のルドルフに借りを返す。そのことだけに、人生のすべてを賭けている。

瀬川がピクリとも動かない。

「死んだんちゃう？」と、野次馬がざわつく。

ベンツのスピードからして死ぬことはないと思うが、もちろん、打ち所が悪いとマズい。野次馬の何人かが携帯電話で通報しているから、すぐに救急車が来る。女子高生は、瀬川に突き飛ばされただけなので軽症だろう。

問題は、あのサンタのプレゼント袋に入った身代金だ。このままだと、アイツに繋がる唯一のチャンスが途切れる。

どうする？　アイツを捕まえるためには、どうすればいい？

ベンツの運転席から、中年女が出てきた。顔面蒼白で、我を失った様子で携帯電話をかけている。高級そうな黒いコート。ハリウッド女優がかけるような、レンズがやたらとデカいサングラスと、前髪が長くウェーブがきついロングヘアーのせいで、顔のほとんどが隠れている。

「おっ、あのおばさんテンパってる、テンパってる」

野次馬の一人がからかうように言った。

携帯電話のカメラで呑気に撮影している者までいる。彼らは、いつの日も傍観者だ。

「わたしは絶対に諦めない」

中年女の声が、ここまで聞こえた。

「諦めるしかないやろ」さっきの野次馬が、さらにからかう。「大人しく逮捕されろや、おばはん」

しかし、彼女は携帯電話で話しながら走り出した。野次馬の間をすり抜け、瞬く間に、なんばマルイの方向へと消えていく。

「逃げた」と、野次馬が唖然《あぜん》とする。

本来なら、私が追いかけて取り押さえるところだが、今は、身代金から目を離すわけにはいかない。

私のうしろにある携帯電話のショップから、山下達郎の『クリスマス・イブ』が流れてきた。山下達郎の大ファンだったのに、去年の事件以来、この曲が聴けなくなった。この曲を聴くと、激しい濁流が容赦なく口の中に入ってくるような錯覚に襲われ、まともに息もできず、立っていられなくなる。相棒だった檜山《ひやま》は、私に心療内科へ行くことを勧めたが、そんな時間などあるわけない。

赤鼻のルドルフを捕まえたら、どこにだって行ってやるが、それまでは、飯を食う時間も惜しい。

『忙しく生きると大切なものを失いますよ。だって、忙しいって漢字は、心を亡くすと書くでしょ』

檜山は、ひとまわりも離れた年下のくせに、ズケズケと説教をしてくる。どんな凶悪犯を追っているときも飄々とした態度を崩さない、マイペースな男だ。彼だけが、刑事を辞めてからも、私に連絡をくれていた。

「女の子が蘇《よみがえ》ったで」と、野次馬が騒ぎ出す。

女子高生は立ち上がると、悲しげな目で、アスファルトの上で粉々になっている容器（プリンかアイスクリームのような）を眺めている。紫色のダッフルコートを着た女の子。ストレートの髪に、まっすぐ切りそろえられた前髪が可愛らしい。

良かった。大した怪我はなさそうだ。

「大丈夫かな。サンタさん、血が出てるよ」

私の横にいた中学生ぐらいの女の子が、心配そうに呟く。

よく見ると、瀬川は額から流血していた。どうやら、頭を強く打ったようだ。右足の角度もおかしい。骨が折れているのは間違いない。

「あっ。サンタさんが動いた」中学生の女の子が、嬉しそうに言った。

瀬川の意識が戻った。朦朧《もうろう》としながら、女子高生に向かって手を伸ばす。

「これって、映画の撮影とかじゃないの」「どこかにカメラがあるんちゃう」女の子の友達が声をひそめる。

本気でそう思ってるのか？　しかし、他の野次馬たちの中にも、何らかの笑みのようなものを浮かべている者が何人かいる。携帯電話で、どこかに状況をメールしている者も少なくない。目の前の出来事に、リアリティを感じられずにいるのだろうか。

クソッタレめが。

他人が死のうが不幸になろうが、我関せずな彼らの態度に、私は、吐き気を覚えた。

女子高生が、軽く右足を引きずりながら、仰向けに倒れている瀬川に近づく。瀬川の側にしゃがみ込み、心配そうな表情で何かを話しかけている。

この様子をアイツも見ているのか。

私は、目立たぬようにゆっくりと首を動かし、野次馬一人一人の顔を確認した。

赤鼻のルドルフの正体は、まだわからない。刑事を辞めてから、単独で懸命な捜査を続けてきたが、尻尾さえも摑めずにいた。

――あの日。

あともう少しだった。アイツは、目の前に立っていた。

激しい雨。吊り橋の上。奏太君を抱きかかえるピエロ。あの光景を、私は一生忘れない。

毎晩、夢に見るだけではなく、飯を食っているときも、風呂に入ってるときも、街を歩くときも、頭に焼きつけたあの光景を思い出す。

『忘れるしかないですよ』

辞表を出した日、檜山は警視庁の駐車場で私に言った。

『精一杯やったんです。元田さんが、これ以上追い込まれて不幸になったら、天国の奏太君が可哀想ですよ』

檜山、すまん。でもな、忘れるのは無理なんだよ――。

「あれっ、サンタさんが電話出したで」

野次馬の声で我に返り、瀬川を見た。スマートフォンを女子高生に渡そうとしている。

……瀬川、何のつもりだ。それは、赤鼻のルドルフとの連絡用だろうが。

瀬川は、ここに来るまで何度も赤鼻のルドルフから指示を受けていた。

宿泊していた梅田の《リッツ・カールトン大阪》を出たときの瀬川は、紺のスーツにダークグレーのコート姿で、身代金は海外旅行にでも行くような大きなスーツケースに入れていた。

瀬川は、タクシーで御堂筋に乗り、難波方面へと向かった。私は、瀬川に気づかれないように前日仕掛けたGPSの信号を追って、尾行を続けた。

難波のタカシマヤの前でタクシーを降りた瀬川は、徒歩で道具屋筋商店街へと入っていった。瀬川の背中は、酷く困惑していた。スマートフォンを何度も確認している。赤鼻のルドルフと連絡を取り合っているのは明らかだった。

東京出身の私は、すぐに自分のスマートフォンで《道具屋筋》を検索した。飲食店で使う調理器具や制服などを販売する店舗が密集している通りらしい。

道具屋筋で買い物を済ませた瀬川は、パチンコ店のトイレに入り、サンタクロースの格好で出てきた。

正直、驚いた。瀬川が、スーツケースではなく、絵本のサンタクロースが持っているような大きな白い袋を担いでいたからだ。

身代金を入れ替えたのか？

私は、すぐにパチンコ店のトイレに飛び込んで確認した。一番奥の個室に、脱ぎ捨てられたスーツとスーツケースが放置されていた。これで、ＧＰＳの信号は使えない。瀬川がスーツケースで身代金を運ぶと読み、見えないように発信機を取り付けていたのだ。もちろん、瀬川の持っている他のバッグにも取り付けてあった。

瀬川は、私の協力を拒んでいた。警察にも通報していない。誰にも頼らず、誘拐された娘を助けるつもりだったのだ。

三十代後半の若さで芸能事務所を立ち上げた瀬川は、自分の力で未来を切り開いていくタイプ。その事務所は、文化人やスポーツ選手が所属していて、サッカー日本代表の正ゴールキーパーや水泳の金メダリストなどもいる。

パチンコ店から出てきた私は瀬川を見失ったが、サンタクロースの格好のおかげで、すぐに見つけることができた。サンタクロースになった瀬川は商店街を抜け、御堂筋へと出た。クリスマス・イヴなので、通行人たちはサンタクロースが歩いていてもさほど気にはしていない。実際、ケーキ屋のチラシを配るサンタクロースが商店街にいた。

なぜ、赤鼻のルドルフは、わざわざ瀬川にサンタクロースの服を着させた？　きっと、何か理由があるはずだ。

御堂筋に出た瀬川は、いきなり小走りになり、横断歩道を渡ろうとした。そして、信号無視で突っ込んできたベンツに撥ねられた。

女子高生が、戸惑いながらスマートフォンを受け取った。画面を見て、さらに動揺する。

瀬川の頭がグラグラと揺れている。

私は、瀬川の次の行動に、啞然とした。

瀬川は、何を思ったのか、アスファルトに転がっている身代金の白い袋を指したのだ。

やめろ。赤鼻のルドルフが見ているんだぞ。

瀬川が、すがりつくように女子高生の手を握りしめ、グラリと崩れて気絶した。女子高生は、慌てた様子で、瀬川から渡されたスマートフォンをサンタクロースの服のポケットにねじ込む。

そうそれでいい。君には関係のない出来事だ。大人しく、この場から立ち去ってくれ。

女子高生は、アスファルトに落ちている自分のリュックサックとウォークマンか何かを拾い、イヤホンを耳に差す。

救急車とパトカーのサイレンが近づいて来た。

頼む。早く瀬川を病院まで運んでくれ。

野次馬の輪の中に入ろうとした女子高生が、足を止めた。イヤホンを耳から抜き、瀬川のもとへと戻ってくる。

おい、待て。何をするつもりだ？

再び、瀬川の側にしゃがみ込み、サンタクロースの服からスマートフォンを抜き取った。

そして、身代金の入った白い袋を肩に担ぎ、あろうことか走り去っていった。

そんな馬鹿な……。私は、野次馬の輪の中で、思わず口をあんぐりと開けた。

野次馬の一人が、笑いながら言った。

「サンタさん交代したで」

一体、何が起きた？

何がどうなれば、赤の他人のはずの女の子が、身代金を運ぶことになるんだ。

盗んだわけではないと思う。一連の流れから、瀬川が女子高生に身代金を託したとしか考えられない。

だが、そんなことがありえるだろうか。あんなどこにでもいるような普通の女子高生が、他人のために危険をおかすだろうか。

まさか、あの女子高生は赤鼻のルドルフの仲間なのか？　アイツなら、身代金の受け渡しに十代の少女を使う可能性もなくはない。

どっちだ？　判断を誤れば、今日までの努力が水の泡になる。

こんなときに限って、なんてトラブルだ。身代金を運んでいた瀬川が、車に轢かれるとは。

昨晩、赤鼻のルドルフは、不敵にも私に宣言した。

《今回で誘拐ゲームは終わりにします》

泊まっていたビジネスホテルのベッドの上に、クリスマスカードが置かれていた。トナカイとサンタクロースが肩を組んでいるキャラクターデザインの横に、定規を使って書いたような角張った字。

寒気が止まらなかった。私がシャワーを使っている間に、アイツは部屋に侵入したということになる。

クソッタレが。何が誘拐ゲームだ。

私は、野次馬を掻き分けて女子高生を追った。女子高生は、車道から歩道に移り、重そうに袋を抱えながら北へ向かっている。間もなく、千日前通に出るところだ。

交差点をどっちに曲がる？　それとも、直進するのか。

当然、赤鼻のルドルフも、身代金の運び手が代わったのはわかっているはずだ。女子高生が手にしているスマートフォンに指示を出すだろう。

……待てよ、元田章一。お前は、正気なのか。このまま、女子高生に身代金を運ばせるつもりか。

身代金の受け渡し場所はわからない。赤鼻のルドルフを捕まえるためには、あの女子高生に受け渡し場所まで無事に運んでもらう必要がある。もし、女子高生がアイツの仲間だとしても、彼女が身代金の袋を持っている限り、彼女を追うしかない。

おそらく、赤鼻のルドルフが姿を現すのは一度きり。金を受け取る瞬間だけ。

女子高生は、千日前通と御堂筋の交差点で立ち止まって信号を待っていた。どうやら千日前通を渡るつもりらしい。

私は、女子高生に追いつき、五メートルほどうしろから彼女を観察した。

頭が小さく、手足がやたらと長い。スタイルの良い、典型的な最近の若者だ。紺色のブレザーの制服の上に紫色のダッフルコートを羽織っている。短いスカートに紺色のニーソックス。靴は、ピンクのスニーカーだ。ピンクのリュックサックがあるのに、白い袋を担いでいる姿が妙におかしい。私以外は、誰も気にしていない様子だが。

そもそも、本当に女子高生なのか？

女は化ける。メイクと服装でまったくの別人になれるのだ。

私も姿を変えていた。今、この歩道で知り合いとすれ違ったとしても、絶対に気づかれないだろう。家族でもわからないはずだ。

半年前、美容整形外科で手術を受け、目と鼻と顎のラインを大きく変えた。赤鼻のルドルフを追い続けるためには別人になる必要があった。アイツは私の顔を知っているのに、こっちは知らないというのは不利だからだ。

医者からは、『元の顔には戻れませんよ。それでもいいのですね』と何度も念を押された。もちろん、かまわない。赤鼻のルドルフを捕まえることができるのなら、喜んで自分の顔を捨てる。

だが、赤鼻のルドルフには、整形がバレている可能性が高い。昨夜、私が泊まっていたビジネスホテルは突き止められた。そこで今日は、念には念を入れて、絶対に私とわからない変装をした。自信がないが、これなら大丈夫なはずだ。

女子高生が、険しい顔でスマートフォンの画面を覗き込む。

赤鼻のルドルフから指示が入ったのか？

私は女子高生との距離を詰め、背後から様子を窺《うかが》った。歯痒《はがゆ》い。今すぐスマートフォンを奪い取って確認したい。

いや、だめだ。今回は暴走するな。

『元田さんが冷静さを保てたら最強の刑事ですよ』

檜山が、行きつけの居酒屋でよく言っていた。

『でも、俺は熱い元田さんが好きなんですけどね』

右手の指の骨を鳴らし、深く息を吸おうとしたが、うまく深呼吸ができない。顔の前だけ酸素が薄くなったかのように、どんどん呼吸が浅くなる。次に襲ってくるのが、強烈な目眩と吐き気だ。

去年のクリスマス。軽井沢の山奥で追い詰められた赤鼻のルドルフは、私が見ている前で男の子を川へと投げ落とした。川の流れは激しく、男の子をあっという間に飲み込んだ。私は赤鼻のルドルフを見逃し、男の子を助けるために川へと飛び込んだのだが、助けることはできなかった。

もう少しで、手が届いたのに……。

私だけが生き残った。男の子の家族に顔向けができず、刑事を辞めた。

『忘れるしかないですよ』

檜山、無理なものは無理なんだ。

千日前通の信号が青に変わる。

スマートフォンを見ていた女子高生が顔を上げ、横断歩道を小走りで渡り始める。何かスポーツでもやっているのか、背筋がピンと伸び、リズミカルで美しい姿勢だ。

行くぞ。

私は、歯を食いしばって吐き気と目眩をこらえ、女子高生を追った。女子高生の走りかたが、さっきよりも遅い。かなり動揺している様子だ。千日前通を渡りきった女子高生は、スマートフォンの画面を気にしながら御堂筋を直進し、道頓堀を右折した。

やはり、赤鼻のルドルフから指示が入っているな。

奴はどこから見ているんだ？

御堂筋と千日前通の交差点には、様々な人間が様々な表情で溢れていた。クリスマス気分で浮かれている者がいれば、顔をしかめて今にも泣き出しそうな者もいる。ここにいる人間の数だけ、人生がある。

私と同じく、赤鼻のルドルフも何らかの変装をして、身代金を追いかけているのだろうか。それとも赤鼻のルドルフの仲間が、尾行しながら現状を報告しているのだろうか。

そして、私の存在には、気づいているのか、いないのか。

私は、一組の親子とすれ違った。まだ若い父親と母親が、五歳ぐらいの少女を挟み、親子三人で仲良く手をつないでいる。少女は、ご機嫌な様子で歌っていた。

「真っ赤なおーはーなーの、トナカイさーんは」

私の心臓が、破裂しそうな勢いで激しく動き出す。

奏太君の両親は、一切、私を責めなかった。「刑事さんは全力を尽くしてくれました。ありがとうございます」と頭まで下げられた。

私は、気の済むまで、殴って欲しいと思った。両親の私への思いやりが、何よりも辛かった。別荘でのクリスマス会の、心がこもった手作りの飾り付けを見たとき、どれだけ奏太君が愛されていたかわかった。プレゼントの青いランドセルが、寂しげに部屋の隅に置かれていたのは、今思い出しても胸が痛い。

——今は、捜査に集中しろ。

私は、千日前通を渡りながら気合いを入れ直した。動悸が治まり、呼吸も楽になる。

クソッタレが。今日こそ、必ず決着をつけてやる。

16　十二月二十四日　午後四時三十分

何がどうなってる？

私は、ゲームセンターから出てきた女子高生を見て、顎が外れるかと思うぐらい驚いた。サンタクロースのコスプレはまだいい。女子高生がドン・キホーテから出てきて、心斎橋筋のゲームセンターに入ったときに、衣装に着替えるだろうとある程度の予想はしていた。

瀬川もそうだったからだ。なぜ、サンタクロースの格好をさせるのか、その謎を解くことが、身代金の受け渡し場所を確定する鍵になるかもしれない。

だが、あの男は何者だ。

黄緑色のダウンジャケットを着た男が、満面の笑みを浮かべて女子高生を抱えていた。まるで、教会から新婦と出てくる新郎のように。目を見張るほどの男前だ。日本人とは思えない彫りの深い顔つき。背が高く、ファッションモデルのようなスタイルをしている。年齢は二十代の前半だろう。

身代金の白い袋は、女子高生が両手で持っている。

クソッタレが。ゲームセンターで、何があった？　明らかに、異変が起きている。

私は痛烈に後悔した。やはりゲームセンターの中まで尾行すべきだったか。しかし、赤鼻のルドルフに感づかれるリスクがある以上、身代金とは距離を取らねばならない。

ダウンジャケットの男は、女子高生をお姫様抱っこしながら、心斎橋筋商店街を堂々と練り歩く。身代金を運ぶのは目立ってはいけないのに、商店街の注目の的になっているではないか。

あのダウンジャケットは、何者なんだ？　女子高生の表情からして、友達には見えない。赤鼻のルドルフの仲間でもないだろう。女子高生は、着替え場所をあちこち探す素振りをしていたから、ここに入ったのは偶然のはず。あのゲームセンターに入ることまで読んで、あそこで待つというのは想像しがたい。

おそらく女子高生は、予期せぬトラブルに巻き込まれたのだ。

さっき、車に轢かれそうになったのに……。彼女にとって、今日は人生で一番運が悪い日なのかもしれない。

とりあえず、尾行を続けるしかない。問題は、あの〝ダウンジャケット〟が、白い袋の中を確認したか否かだ。

冷静になれ。右手の指を鳴らし、静かに息を吐く。

もし、ダウンジャケットが白い袋に入っている多額の現金を見たのであれば、女子高生なんぞ放り出して身代金だけを奪うはずだ。ああやって、女子高生を大切に運んでいるのは、袋の中身よりも〝本人〟に用があるからだろう。

ダウンジャケットは、まだ身代金の存在を知らない。だが、知られたら終わりだ。

尾行を続けようと歩き出したとき、私の変装の服のポケットが震えた。

誰から電話だ？　私はポケットから携帯電話を取り出し、着信相手の表示を見てゲンナリした。

妻のひかりだった。よりによって、こんなときにかけてくるなんて……。

ただ、ひかりから電話があるなんて久しぶりだった。いつもは、私のほうからかけるし、この一年間、私は東京の杉並にある自分の家にほとんど帰っていなかった。警察を辞めてからというもの、赤鼻のルドルフの情報を掻き集めるために全国を飛び回って、ビジネスホテルやサウナ暮らしを続けているためだ。

嫌な予感がした。もしや、息子たちの身に何かあったのか。

「もしもし。どうした」

私は、ダウンジャケットと適度な距離を取りながら電話に出た。変装している私が電話をかけているので、通行人が何人かニヤニヤと見てくる。

『あなた、今どこにいるの』

久しぶりに聞くひかりの声は、意外にも覇気がある。

「元気にしているのか」思わず聞いた。

『元気よ。あなたがいない分、こちらは好き勝手にできるし。そっちは順調なの』

「何の話だ」

『別に隠さなくてもいいじゃない。あなたがあの誘拐犯を追いかけているのは家族全員が知っているんだから。どうせ、ハワイにいるなんて嘘でしょ』

ひかりとは、ずっとメールで連絡を取っていた。

私は、メールで《刑事を辞めて第二の人生を歩みたい。大学時代の友人がハワイで日本人相手に不動産の仲介業をやっているから、そこで一年ほど学びたい。いずれは、ハワイで余生を過ごすことも考えている》と、伝えていた。

「嘘じゃない。ハワイに不動産業をやっている友人がいるのは本当だ」

『あの誘拐犯を捕まえない限りは、ハワイでのんびりするつもりなんてないくせに』

「それは……」

そのとおりだ。顔まで変えたのに、リゾート地でのんびりするわけがないだろう。

当然、ひかりには整形したことは伝えていない。他人の顔になった私を見て、離婚届を突きつけてくるかもしれないが、それも覚悟の上だ。

『今、日本のどこにいるの』

「大阪だ」

白状した。

『じゃあ、あの誘拐犯も大阪にいるのね』

「ああ。必ず近くにいる」

『そうなんだ』

それ以上、ひかりは何も言わなかった。もっと、妻として言いたいことがあるだろうに。

私が刑事だった頃のひかりは、ひどい心配性だった。ことあるごとに、電話やメールで「気をつけてね」や「無茶しないでね」や「家族のために生きて帰ってきてね」と連絡してきた。だが、私が赤鼻のルドルフを取り逃がし、奏太君を見殺しにしたあの日以来、ひかりは私に対して何も言わなくなった。いや、言えなくなったのだ。

「何の用で電話をかけてきたんだ」

早く電話を切りたかった。ダウンジャケットは、女子高生を抱えて心斎橋筋商店街から御堂筋に出ようとしている。タクシーを拾われたらやっかいだ。

『太陽が結婚するの』

「何だと」

太陽とは、私の長男の名前だ。まだ二十一歳になったばかりで、最近、九州の大学を辞めて東京に戻ってきたと、ひかりから聞いていた。もう、三年以上も会っていない。

太陽が、結婚？

まったく想像もしていなかった話に混乱した。

『私は勝手にしたらって言ったんだけど、どうする？』

「あ、相手はどこの子だ」

『さあ。私も会ったことないからわからないわ。九州で知り合った人みたいよ。彼女が妊娠したんですって』

「妊娠？」つい大きな声が出た。

何をやってるんだよ、太陽の奴め……。

『私たちの息子が、できちゃった婚よ』気のせいか、ひかりはどこか嬉しそうだった。『ねえ、どうする？』

「どうするって、何を」

『太陽と彼女の二人に、会ってあげるの？』

言葉が詰まる。

三年前の太陽は、まだ高校を卒業したばかりだった。私はある事件の捜査で卒業式には参列できず、その日の夜、新宿のホテルの中華レストランで食事をした。太陽との会話は、ほとんどなかった。思えば、家族で集まって飯を食ったのは、あの日が最後だ。

「後でかけ直す。今は返事ができない」

『わかった』ひかりが、ため息を飲み込む音が聞こえた。『あの誘拐犯を捕まえるまで、家には帰ってこないで』

「助かる」

私だけじゃない、妻も戦っている。

私には、二人の息子がいる。二十一歳の太陽と、十六歳の輝水《あきみ》だ。どちらも、名前はひかりが決めた。「苗字が元田だからね。田んぼには太陽と水が必要でしょ。我ながら良い名前つけたわ」と、二人の誕生日のたびに鼻を高くする。

息子たちには、私にはない才能があった。

野球だ。

私も高校時代まで野球部で、日が暮れるまで夢中でボールを追っていた。しかし、実力は中の上がいいとこだ。甲子園にはほど遠く、プロ野球など夢のまた夢だった。

だが、息子たちは違った。

まず、太陽の才能に気づいた。小学校五年生のときから、リトルリーグのエースで四番だった。そのチームから二人のプロ野球選手を送り出した監督は、「太陽君が三人目になる」と太鼓判を押した。とにかく、周りの子供たちとは比較にならないパワーがあった。右投げ右打ちで、中学校に上がる頃には、すでに遠投を百メートル近く投げ、全国大会では、横浜スタジアムのスタンドにホームランを打ち込んだ。「怪童だ」と地域の新聞に取り上げられ、全国の強豪校からスカウトが来た。

太陽が選んだ高校は、横浜にある甲子園の常連校だった。スーパースター級のプロ野球選手を何人も輩出している有名校で、太陽が入った年も、夏の甲子園で全国制覇を成し遂げた。

太陽は、高校に入って、生まれて初めての挫折を味わうことになる。どれだけ地元で怪童と騒がれても、その高校には同じレベルの生徒たちがゴロゴロいた。太陽は、一度もレギュラーを獲れず、怪我に泣かされ、三年生のときに念願の甲子園の土を踏んだものの、背番号が二桁の控え投手で、二年生エースにマウンドを譲り、登板の機会に恵まれなかった。

私は、仕事で甲子園のアルプススタンドには行けなかった。応援に行ったひかりは、悔し泣きをしながら帰ってきた。

高校を卒業した太陽は、一応プロ野球を目指し、九州の大学の野球部に入ったが、また怪我に苦しんだ。去年の冬に野球部を退部し、今年の秋に大学を辞めたとひかりから聞いた。

対照的に、弟の輝水はのびのびと野球を楽しんでいた。兄の才能の陰に隠れ、大人しい性格もあってか、ポジションも中学生まで外野で、決して目立つような選手ではなかった。当然、強豪校のスカウトが来るわけでもなく、地元の公立校に入学した。

だが、その高校で輝水の才能が開花する。弱小校で、まともに投げられる子がいなく、地肩の強い輝水がピッチャーを任されたのである。

輝水は、左投げだった。今年の夏の地区予選で、初の公式戦のマウンドに上がった。

そこで、輝水はいきなりノーヒットノーランを記録し、次の試合では、なんと完全試合を達成した。何よりも周りを驚かせたのは、輝水がほとんどピッチャーの経験がなく、ストレートしか投げなかったことだ。

三回戦のバックネット裏には、プロのスカウト陣がずらりと並び、中にはメジャーリーグのスカウトまでいたらしい。

私は、そんな息子の晴れ舞台を、刑事を辞めていたにもかかわらず見逃した。赤鼻のルドルフの情報を追って、中国地方をレンタカーで走り回っていたのだ。ちなみに、その情報はガセネタだった。

三回戦は、輝水の高校がエラーを重ねて惨敗した。スカウトに関係ない選手たちが緊張でガチガチになったのである。輝水は、三安打の快投だったようだ。

次男がプロから注目される選手になったというのに、私はほとんど家に帰らなかった。

注目されて浮かれたのか、大人しかった輝水の性格が変わった。野球部の仲間とカラオケボックスで飲酒と喫煙をしているところを店員に通報され、警察に補導された。なんとか退学にはならずに済んだが、停学処分を受け、野球部は一年の活動停止を余儀なくされた。

そのときばかりは、私は家に帰った。

自分の部屋で不貞腐《ふてくさ》れている輝水を引きずり出し、顔面を拳で殴りつけ、私はまた赤鼻のルドルフの捜査のため家を出た。正直な心境を語れば、輝水が停学になったことより、赤鼻のルドルフの捜査を中断されたことに怒りを覚えた。

ひかりは、詳しく話してはくれないが、輝水は私に殴られたあと、家を飛び出し、二日間帰って来なかった。それから、停学期間が明けても、理由をつけては不登校を繰り返し、野球部とは違う不良友達とつるんでいる。このままでは、退学も秒読みだ。

もし、赤鼻のルドルフを逮捕できても、家族の関係が修復できるとは思っていない。それは、覚悟の上だ。

すべてを犠牲にする。

一年前のあの日、濁流の中でもがきながら私は強く心に誓った。

ダウンジャケットは、アメリカ村に向かって、御堂筋の横断歩道を渡っていた。

クソッタレが。どこに行くつもりだ？　目的は何だ？

太陽の結婚のことは、今は忘れる。身代金から目を離すわけにはいかない。

……最悪の場合、強行策を取る。

私は、携帯電話が入っているのとは逆のポケットに手を入れた。

冷たい感触。昨夜、西成《にしなり》の密売人から買った拳銃だ。赤鼻のルドルフが、また私の前から姿を消そうとすれば、背中に全弾撃ち込む。

今度は逃がさない。

17　十二月二十四日　午後五時

《ドリームキャッスル》だと？

私は、アメリカ村の端にあるラブホテルの斜め前で立ちすくんでいた。つい、数分前、ダウンジャケットが女子高生をお姫様抱っこしたまま連れ込んだのだ。

心斎橋筋の商店街を歩いてる間、ずっと女子高生の顔は青白く、硬直していた。抵抗できない理由を知りたくて、私は、御堂筋を渡ったところのアップルストアの前で二人に近づいた。

私の変装は、一度だけなら接近できる。

女子高生が、叫び声を上げて道行く人に助けを求めないのはなぜか、すぐにわかった。ダウンジャケットが、お姫様抱っこをしながら、女子高生の喉を摑んでいたのである。

少しだけ、二人の会話も聞き取ることができた。

「まさか、他の女の子の喉を潰したことがあるの」

苦しそうに声を絞り出す女子高生に対し、ダウンジャケットは、サディスティックな笑みを浮かべていた。

「よくわかったね。さすがドキンちゃんだ」

女の喉を潰すだと……。私は、手に持っているもので、この男の側頭部を殴りつけたくなった。しかし、それをすると身代金を運ぶのが止まり、どこかで見ている赤鼻のルドルフも、二度と姿を現さなくなる。私の変装がいかに完璧でも、これだけ身代金に近づけば、さすがに警戒される。尾行を続けるためには、すぐにでも違う服に着替えなくては。

それに、ドキンちゃんとは何だ？　女子高生の名前か？

流行のキラキラネームなのかもしれない。ただ、漢字はどう書けばいい。まさか、土禁ちゃんではあるまい。それでは、土足禁止だ。よくて、都琴ちゃんか堵錦ちゃんだろう。

いや、それともダウンジャケットが付けた一方的なニックネームなのか。

「なんで、そんな可哀想なことしたのよ」女子高生が、目に涙を浮かべながら訊いた。

「仕方がなかったんだよ」ダウンジャケットが、わざとらしく泣き顔を作る。「僕から逃げようとしたんだ。僕はこんなに愛しているのに」

この男は、頭のネジが四、五本ぶっ飛んでいる。知り合ったばかりの女子高生を堂々と拉致しているのだ。よく見ると、首から肩にかけての筋肉が異常なぐらいに盛り上がっているではないか。ダウンジャケットのシルエットのせいでわからなかったが、相当な筋肉の持ち主だ。

怒りにまかせて、手に持っているもので殴らなくてよかった。この首の太さでは、一撃で倒せず、逆に反撃を食らっただろう。私の今の服装では、銃を使わない限りまともに戦えないし、言うまでもないがこの人通りの中で発砲できるわけがない。

結局、距離を取って尾行を続けるしかなかった。

クソッタレが。どうすればいい？

今、目の前の少女を救ったら、赤鼻のルドルフを逃がすことになる。私のビジネスホテルのベッドに置かれていたクリスマスカードには、《今回で誘拐ゲームは終わりにします》と書かれていた。あの言葉が本当なら、捕まえるチャンスは今夜しかない。

私はダウンジャケットを尾行しながら、何度も自分に言い聞かせた。

すべてを犠牲にするんじゃなかったのか、元田章一。たとえ、会ったばかりの少女がレイプされようが、目的のためなら心を鬼にしろ。お前の目的は、赤鼻のルドルフを捕まえることと、それだけだ。

濁流に飲み込まれた奏太君の手が、鮮明に頭に浮かんだ。

もう少しで届いたのに……。

お前は、あの過ちをまた繰り返すのか。

私はあのとき、一瞬迷った。犯人を追うべきか、奏太君を救うべきか。その迷いのせいで、結局両方失った——。

今度こそ、赤鼻のルドルフを逃がさないと決めたのだ。どっちを選ぶべきかはわかりきっている。彼女を救えなかった後悔も、一生背負って生きていく。

ダウンジャケットは、三角公園の二つ手前の角を左に曲がり、唐突に、雑貨屋の前で止まった。

何をするつもりだ？

私は角を曲がるわけにいかず、なるべく体を隠しながら状況を確認した。

ダウンジャケットが、強引に女子高生の唇を奪った。女子高生が必死で逃れようとするが、ガッチリと首を固定されているのでどうしようもない。

冗談のように、雑貨屋から、ワム！の『ラスト・クリスマス』のイントロが流れて来た。

もしや、このイントロが聞こえたからダウンジャケットは、キスをしたのか。どちらにしろ、胸くそが悪い。

見て見ぬふりをしろ。これが女子高生の運命なんだよ。

気持ちを切り替えたはずだったが、怒りで体の震えを抑えることができなかった。勝手に、涙が溢れてくる。奏太君が死んで以来、絶対に泣かないと誓っていたのに。

こんな目に遭っても、まだ女子高生は身代金の白い袋を離そうとしなかった。彼女は、赤の他人を助けるために、懸命に体を張っている。それなのに、私は……。

その後、ダウンジャケットが女子高生を抱えたまま猛然と走り、《ドリームキャッスル》の前に着いた。

そのときが、女子高生を助ける最後のチャンスだった。ここなら御堂筋よりは人が少ない。銃を出そうとした瞬間、金縛りに襲われた。

激しい雨。吊り橋の上。奏太君を抱きかかえるピエロ……。

あの光景が、私を止めた。

その瞬間、二人の姿は《ドリームキャッスル》に消えた。

私は、夢の城という名前のラブホテルを眺めながら、ひかりとの新婚旅行を思い出した。

二十二年前、私とひかりは結婚した。

新婚旅行は宮崎だった。本当はハワイに行きたかったのだが、金もなかったし、新米刑事の私はそれほど休みを取れなかった。

「宮崎は日本のハワイって呼ばれているんだからいいじゃない」

高千穂峡のボートの上で、ひかりはケタケタと笑った。こんな楽しそうなひかりを見るのは初めてだった。

対照的に、私は憮然《ぶぜん》としていた。ボートの待ち時間が三時間以上、それに加えて天気が悪く、ポツポツと小雨が降ってきた。五月だというのに肌寒い。

普段のひかりは、無口で心配になるほど大人しい女だった。

もちろん、静かでおしとやかな女が好みだから一緒になったわけだが、何時間も無言なので、さすがに不安になった。

家で二人でいても、あまりにも喋らないので、「何か不満があるなら正直に言ってくれ」と訊いたことがある。

「見て、あれが真名井の滝よ。美しいわねえ」

ひかりが、私の後方にそびえ立つ岩壁を指した。

「まあな」

たしかに美しいが、素直には喜べなかった。あいにくの天気で景色がかすみ、ガイドブックの写真の真名井の滝のほうが数段奇麗だったからだ。

「神様が住んでいると言われるのもわかるわね」

　ひかりが、うっとりした表情で高千穂峡を見渡す。十二万年前と九万年前の二回の火山活動でできた断崖絶壁。崖上には自然公園の緑が広がり、流れの緩やかな川の水に、私たちは木の葉のように浮いていた。まるで、昔話の世界に迷い込んだような気持ちになる場所だ。

「神様がいるなら、この天気を何とかして欲しいな」

「それは無理な相談よ。神様は私たちだけのためにいるんじゃないもの」

　饒舌《じょうぜつ》なひかりは、無邪気な少女のようだ。

「何か、嬉しいことでもあったのか」

「この新婚旅行が楽しいの」

「いや、違うな。何かある」

　秘密を隠していて、言いたくて仕方がない顔だ。

「刑事の勘ってやつですな」ひかりが、おどけてみせる。

「教えてくれ。何があったんだ」

　ひかりが、首をすくめて、私を焦らす。充分な間を取ったあと、顔を赤らめて言った。

「赤ちゃんができたわ」

　予想はしていたが、実際に言葉で聞くと、衝撃を受けた。

「本当か」声が裏返る。「いつわかった」

「先週よ」

「どうして、すぐに言わなかった」

「この高千穂峡で伝えたかったの。神様も聞いてくれてるしね」

その日もまた、彼女は私に「初めての顔」を見せた。

私は、ひかりを誤解していた。彼女が秘めていた魅力にまったく気づかないまま、結婚したのだ。

この女性は、私が思っていたよりも、深く、生きている。私などには到底及ばない、繊細さと大胆さで世界を感じている。

ひかりには、一生勝てない。そう悟った。

「名前はもう決めてるの」ひかりが目を細めた。「太陽よ」

「まだ男の子だとはわからないよ」

「わかるの」

「母親の勘ってやつですか」

私がおどけ返したが、ひかりは急に真顔になった。

「子供が生まれる前に、約束して欲しいことが一つだけあるの」

「何だい」

ひかりのあまりの真剣なまなざしに、胃が締めつけられるような重圧を受ける。

「これから先、あなたの人生がどれだけ闇に包まれたとしても」

ひかりが言葉を切り、私を見つめた。

闇に包まれる？　刑事としての生き様なのか。父親としての生き様なのか。それとも、その両方なのか。

私は何も言わず、ボートを漕ぐ手を止めて、ひかりの手を握り頷いた。

ひかりが言葉を続ける。

「前に進むことを諦めないで。私があなたの足下を照らすわ」

「約束する」私は、ひかりと自分の魂に誓った。

そのとき、奇跡が起きた。空を覆っていた雲が割れ、太陽の光が射し、真名井の滝が輝きを取り戻した。

「ほらね。神様はいるでしょ」

ひかりが、得意気に眉を上げた。

私は、ポケットの中で銃身を握り締めた。

もう片方の手の指を鳴らす。

今なら、間に合う。女子高生を助けられる。ラブホテルの中なら、銃を出そうが誰にも見られない。ダウンジャケットがどれだけ筋骨隆々であろうが、制圧できる。

これも、運命か。

もしかすると、赤鼻のルドルフを捕まえるのは、私ではないのかもしれない。

一歩足を踏み出した私の前に、オフロードのバイクが唸《うな》りを上げて急停止した。うしろに乗っていた全身黒尽くめの大男が振り落とされそうになる。

運転していたのは、女だった。二人ともヘルメットを着用していない。道交法違反だ。

女は、金髪のおかっぱに、黒い眼帯。白いライダースジャケットの背中一面には、巨大なサソリがいた。

「降りて」女が、大男に言った。

「もう着いたのか」黒縁の眼鏡をかけた大男が、呆然と顔を上げる。

この男……どこかで、見た顔だ。

「行くよ」

女が颯爽とバイクを降り、ラブホテルへと向かう。真っすぐに背筋を伸ばし、歩きかたに何の迷いもない。

大男のほうは、怯えた表情を浮かべていた。「待て。何か武器を持っているのか。椎名って男は凶暴で有名なんだろう」

「何も持ってないわ」

「それで、どうやって女の子を助けるんだよ」

武器？　女の子を助ける？

この二人は、女子高生を助けに来たのか。どこかで、女子高生が拉致されたことを知り、バイクで駆けつけたということか。

「これを使ってくれ」

私は、二人に近づき、手に持っていた《歌い放題》と書かれたカラオケ店の看板を差し出した。

大男が、私の姿を見て仰天する。誰でも、いきなり着ぐるみのトナカイに武器を提供されたら驚くだろう。

その顔で、大男の名前を思い出した。ベップ……サッカー日本代表のゴールキーパー、北別府保だ。黒いニット帽と眼鏡で一応の変装はしているが、体の大きさまでは変えられない。

私が、トナカイの着ぐるみを選んだ理由はそれだ。赤鼻のルドルフに顔の整形がバレている以上、完璧な変装をするしかなかった。そう、去年のクリスマス・イヴ、アイツがピエロの扮装で全身を隠したように。このトナカイの着ぐるみなら、中に入っているのが男なのか女なのかさえも判別できないはずだ。

「助かるわ」

女が横から手を伸ばし、カラオケ店の看板を奪い取って北別府保に渡した。

「えっ？　お、俺？」背中を丸めてしどろもどろになる。

「あなたのほうがリーチは長い」

この女は、誰だ？　物腰からして、素人じゃない。妖艶な美しさと鋼《はがね》のような強さを兼ね備えている。

久しぶりに、刑事の嗅覚が働いた。

この女には、とてつもない犯罪歴があるはずだ。世間のルールには従わず、自分が正しいと思ったことは、法律に背いてでも必ず実行するタイプ。罪の意識はまったくなく、そこには一貫した美学だけが存在する。たとえ初対面であっても逆らえないカリスマ性を持ち、法の番人さえも魅了する怪物。

二十五年の刑事歴で数多くの犯罪者を見てきたが、十年に一人ほどの割合でそんな怪物に遭遇した。クラスメイト全員を毒殺しようとした中学生の少年。客の男の喉を、剃刀《かみそり》で切り裂いた風俗嬢。ちなみに、二人とも無罪で放免された。中学生の少年のケースは、実際に給食に毒を混ぜたのは担任の女教師だったし、風俗嬢のケースは、死んだ五人の客全員が、自分の職場で自ら喉を搔っ切った。

私は、二人の尋問を受け持った。取調室の中、一瞬で言葉にできない魅力に引き込まれ、危うく彼らに〃心を食われる〃ところだった。

このサソリを背負った女からは、あの怪物たちと同じ種類のオーラが醸し出されている。そして、恐ろしいことに、出会ってまだ一分も経っていないのにもかかわらず、私はサソリの女を信頼していた。

彼女なら、きっと女子高生を救い出してくれる、と。

私は、この場をサソリの女に託し、急ぎ足で《ドリームキャッスル》を離れた。

やらなければいけないことが二つある。トナカイの着ぐるみから、次の服装に着替える。

もう一つは、刑事時代の元相棒の檜山に連絡を取ることだ。

赤鼻のルドルフへの身代金を運んでいた瀬川がベンツに轢かれ、その身代金を赤の他人の女子高生が運んだと思ったら、瀬川の事務所に所属する有名人が現れたのだ。

これを運命か偶然で済ませられるほど、私は楽観主義者ではない。

今回の誘拐の裏には、私の予想もつかない、大きな計画が動いている。

18　十二月二十四日　午後五時三十分

私は、ボウリング場の前でトナカイの着ぐるみを脱いだ。とにかく急いでいたし、このあたりは奇妙な格好をしている人はいくらでもいるので、気にならなかった。

まず、トナカイの顔の被り物を取る。一気に視界が広がり、呼吸が楽になった。変装のためとはいえ、二時間以上もこんな窮屈な格好をしたのは初めてだ。

一人で背中のチャックを下ろすのに手こずったが、何とかトナカイの胴体ともおさらばできそうである。

道行く若者たちがジロジロとこちらを見るが気にしない。どこかの店のトイレか、向こうにあった神社で着替えようかと思ったが、そんな時間の余裕はない。ここからなら、《ドリームキャッスル》は、走れば一分もかからない距離だ。

きっと、あのサソリ女と北別府保は、女子高生を救出するだろう。そして、女子高生は再び身代金を運ぶはずだ。ダウンジャケットに拉致されても身代金の白い袋を離さなかったくらいだから。

トナカイの着ぐるみをさっさと脱ぎ、早々に、《ドリームキャッスル》に戻って尾行を続けなければ。身代金を見失えば、赤鼻のルドルフにはたどり着けない。

このトナカイの着ぐるみは、瀬川がサンタクロースの衣装を買ったあと、道具屋筋商店街の同じ店で購入し、瀬川が着替えたパチンコ店のトイレで私も着替えたのだ。《歌い放題》のカラオケ店の看板は、商店街のシャッターに立てかけてあったのを失敬した。

私は、完全にトナカイの着ぐるみを脱ぎ捨て、身軽になった。大量の汗をかいているせいで風が冷たい。着ぐるみの下はスーツだったから、暑くて気が遠くなりそうだった。愛用のこげ茶色のコートをパチンコ店のトイレに置いてきてしまったのが気がかりだが、諦めるしかない。

しゃがみ込み、通行人に見えないように着ぐるみのポケットから、自分のスマートフォンと銃を回収する。銃はスーツのパンツのポケットに入れ、スマートフォンで電話をかけながらドリームキャッスルへと戻った。着ぐるみはボウリング場の前に捨てておいた。

時間にすればまだ五分も経っていない。サソリ女たちは、まだ女子高生を救出している途中だろう。

『元田さん、お久しぶりです。お元気ですかあ。メリークリスマスですね。ケーキ食べましたかあ』

元相棒の檜山の携帯電話に繋がった。相変わらず、人を食った喋りかたをする男だ。

「今、忙しいか」

『ちょうど帰ろうと思ったところです。といっても寂しい独り身なんで、誰も待ってる人はいませんけどね』

「本庁にいるのか」それならば、願ってもない。

『そうですよ。今日はクリスマス・イヴだっていうのに、一日中、書類と格闘していました。昨夜は徹マンだったんで、ほとんど寝ながら書いちゃいましたよ』

檜山が、豪快に笑う。体育会系で、どこか憎めない男なので、先輩からは可愛がられるタイプだ。

「頼みがある。まだ帰らないでくれ」

『うわっ。なんだかその言いかたが怖いなあ。俺の残業代は高いですよ。今度、キャバクラごちそうしてくださいね』

赤鼻のルドルフに借りを返せたら、キャバクラだろうがソープだろうが、好きなだけ奢《おご》ってやるよ。

「北別府保と瀬川康行という人物のデータを洗って欲しい。瀬川のほうはつい先程、事故った。どこの病院にいるかも調べてくれ」

『北別府保って、日本代表のキーパーのベップですか』檜山の声が、少し驚く。

「そうだ。瀬川は、北別府が所属している芸能事務所の社長だ」

『この二人が何かやらかしたんですか』

私は、ひと呼吸おいて言った。檜山は、私が刑事を辞めてからも執念深く捜査を続けていることを知らない。

「赤鼻のルドルフのターゲットだ」

『冗談はやめてください』怒った声。もう笑っていない。

「俺が冗談を言ったことがあるか」

『ありますよ。よく連れて行ってくれた居酒屋覚えてます？　元田さん、あの居酒屋で酔っ払っては、ダジャレを連発してたじゃないですか』

檜山の声は重く、憐れみに満ちていた。私が、まだ赤鼻のルドルフを追っていると知って、やり切れない気持ちになっているのだろう。

「そんな日もあったな」

『もう、あの頃に戻れないんですかね』

「わからん」

私も檜山も、戻れないとわかっていた。彼なら、この整形した顔も「なかなか男前じゃないですか」と笑い飛ばしてくれると思うが。

『本当に、今年も赤鼻のルドルフが動いたんですか』

檜山が、声をひそめる。近くに他の刑事が残っているのだろう。

「ああ。大阪にいる」

『どうして大阪なんですか。ベップの住まいはドイツだし、瀬川の芸能事務所は東京ですよね』

「今日、大阪でチャリティーマッチがあった」

『なるほど。遠征先を狙ったのか』檜山が、舌打ちをする。『今回は、誰が誘拐されたんですか』

「瀬川の五歳の娘だ」

『身代金は、ベップが用意したんですか』

「なぜ、そう思う」

『だって、最近はどこの芸能事務所も経営が苦しいでしょう。身代金の額にもよりますけど、いくら社長とはいえ、現金で用意するのは厳しいんじゃないですか』

たしかに、それは言えている。しかし、瀬川は一億円の現金を用意していた。

「脱税でもして、ため込んでたのかもしれないぞ」

『そうですかね。赤鼻のルドルフにしては、ターゲットがショボい気がします。もっと、大金持ちを狙う印象がありましたけど』

たしかにそのとおりだ。なぜ、こんな基本的なことを見逃していたんだ。去年、ターゲットになったのは、経済誌の富豪ランキングにも載るような建築会社の社長だった。

「あまりにも差があるな」思わず、呟いた。

『瀬川の娘が誘拐されるという情報は、どこで入手したんですか』

「わかっているだろう。情報源は教えられん」

刑事同士であっても、互いの情報屋を明かすのはタブーとなっている。

『そうですよね。ペップと瀬川のデータを洗い次第、連絡します』檜山が、クスリと嬉しそうに笑う。『元田さん、いつでも刑事に復帰できますね』

「戻るわけないだろ」

私は通話を切り、《ドリームキャッスル》の入口が見えるポジションに身を潜めた。まんだらけという名前の店の前に本棚があり、古本が陳列されている。都合良く二人の若者が立ち読みをしているので、私も本を選ぶふりをする。

サソリの女と北別府保が《ドリームキャッスル》に入って十分が経った。そろそろ、出てくるはずだ。マッチョのダウンジャケットにやられなかったらの話だが、あの女なら何とかしてくれる。

それにしても、檜山は相変わらずだった。昔と同じ態度で接してくれる優しさに胸が熱くなる。もっと、誘拐事件のアドバイスが欲しかった。しかし、私と彼は、もう住む世界が違う。迷惑をかけるわけにはいかない。

私に赤鼻のルドルフの情報をくれたのは、瀬川の妻だった。


四日前の朝、軽井沢にいた私の携帯が鳴った。

『娘が誘拐されました。助けてください』

女は瀬川と名乗り、自分の夫が東京の青山で芸能事務所を経営していることを説明した。芸能事務所の名前は聞いたことがなかったが、所属している文化人やスポーツ選手の名前は何人かわかった。

「私の電話番号を誰から聞いたんですか」

『それは勘弁してください。その人にも立場がありますので』

悪戯《いたずら》か？　いや、それにしては、女の口調が真に迫っている。

信じるしかない。今年のクリスマス・イヴもアイツが現れたのだ。

不謹慎にも私の胸は高鳴った。正直に言えば、私の単独での捜査は行き詰まっていた。残された証拠と信憑性《しんぴょうせい》の薄い情報に振り回され、この一年間、全国を飛び回ったものの、赤鼻のルドルフを闇から引きずり出せる気配さえなかった。

奏太君のお墓参りも兼ねて、何か手がかりはないものかと軽井沢に到着した矢先の電話だった。

「娘さんが誘拐されたときの状況を詳しく説明してください」

『昨日の昼間、娘を連れて車で出かけようとしたんです。ガレージを出た途端、目の前にワゴン車が止まって……』

「何色ですか？」

『黒です』

「ワゴン車はどこのメーカーですか？」

『そこまでは……』瀬川の妻が鼻をすすり、涙声になる。『気が動転してしまって』

「当然です。その状況でパニックにならない人はいません」私は、瀬川の妻を落ち着かせるためにゆっくりと言った。「では、ワゴン車のナンバーも覚えていませんね」

『……すみません』

「誘拐犯の人数は？」

『一人でした』

「どんな格好をしていましたか？」

『ピエロです』

心臓が、止まった。安定の悪い吊り橋に立っているかのように、宿泊先のホテルの部屋が揺れる。

クソッタレが。わざわざ、去年と同じ変装をするとは、私を挑発しているとしか思えない。

「ピエロの格好のせいで、犯人の体格や性別がわからなかったのですね」

『そのとおりです。怖かったのと娘がさらわれたので頭が真っ白になって……』とうとう、泣き出した。

「旦那さんは、警察に通報しなかったんですか」

『はい。ガレージに取り付けていた防犯カメラの映像を見て取り乱していました。警察に通報したら娘が殺されるからやめろ、と。犯人が要求してきた一億円は自分がなんとかするから信じてくれ、と。あなたは、もう警察の方ではないと聞いたから電話したのですが、それでも、この電話のことは夫には秘密にしています』

赤鼻のルドルフは、あえて防犯カメラに映ったのだ。去年、奏太君を殺したときと同じ〝ピエロの姿〟を親に見せることで、圧倒的な恐怖を与えることができる。

だから、瀬川の妻は刑事ではない私を頼ってきた。しかし、気になるのは私の連絡先を教えた人物の存在だ。

誰だ？　檜山か？　いや、誘拐そのものを知らなかったのだから違う。

まさか、赤鼻のルドルフ……私に挑戦状を叩きつけるため、瀬川の妻に教えたとか。去年、誘拐を失敗した借りを返すために。あの凶悪犯なら、私の番号くらい簡単に調べ出すのだろう。

アイツにとっても、今年のクリスマス・イヴがリベンジなのだ。

「わかりました。協力しましょう。娘さんを助け出すことに全力を尽くします」

私は瀬川の妻と連絡を取り合い、身代金の受け渡し場所が、クリスマス・イヴの大阪だと知った。私がすぐにGPSの発信器を十個、瀬川家に宅配で送ると、私の指示どおり、瀬川の妻が、瀬川のスーツケースや他のバッグに取り付けた。

まだか……。

私がしびれを切らしかけた頃、ドリームキャッスルの入口にサソリの女の顔が見えた。続いて、北別府保が女子高生を背負って出てくる。

よしっ。私は古本を手に小さくガッツポーズを取った。女子高生が助けられた安堵《あんど》感で自然に頬が緩む。

身代金の白い袋は、サソリの女が持っていた。一同は、まんだらけの横を抜け、御堂筋の方向へと急ぎ足で歩いている。

マッチョのダウンジャケットはどうなった？　追ってこないところをみると、拘束したか気絶させたのだろうか。まさか、殺してはないと思うが……。

あと気になるのは、私の目の前を横切った北別府保の表情が、酷く強張っていたことだ。虚ろな目で、前を歩くサソリの女の白い袋を気にしているのが、ハッキリとわかった。

救出が間に合わず、女子高生がレイプされたわけではあるまい。それは、女子高生の表情を見ればわかる。顔を赤らめうっとりしながら、北別府保の太い首にしがみついている。

北別府保は、どこまで知っているんだ？　誘拐されてるのが、自分の代理人の娘だとわかっているのか？

私は古本を棚に戻し、尾行を開始した。さっきまで体を覆っていた着ぐるみがない分、かなり肌寒い。それに、早く次の変装を考えなければ。どこかで赤鼻のルドルフか仲間に見られているのだ。

ところで、相手はどうやって、尾行を続けているのだ。私は目立たぬように周りを警戒しながら歩いている。元刑事の私に気づかれずに尾行を続けているとは、よほどの変装の達人か、それとも大人数のチームなのか。

何かがおかしい。檜山の言うとおり、今回の誘拐は違和感がある。

私は、過去の五度の誘拐のデータと自分の捜査を照らし合わせて、赤鼻のルドルフは単独犯だと確信を持っていた。手がかりをほとんど残していないのが、その証拠だと言ってもいい。どんな犯罪でもそうだが、関わる人数が少ないほど成功率が高い。人の口には、決して蓋ができないからだ。つい昨年、関東で数億円が強奪されるという襲撃事件が警備会社で起こったが、このときも十人前後関与している人間がいて、次から次へとボロが出た結果、芋づる式に逮捕された。

だが、今回の身代金の運ばせかたを見る限りでは、一人の犯行では厳しい。いくらなんでもリスクが高過ぎる。

やはり、他に狙いがある。別の計画が進行しているのだ。

サソリの女の一行が、御堂筋に出た。

どこまで女子高生をおんぶで運ぶ気だと思っていたら、心斎橋大丸の向かいのホテル日航大阪の前でタクシーを止めると、女子高生を押し込んだ。

どういうことだ？　私はそこからワンブロックほど南側に離れたＯＰＡ心斎橋の人ごみに紛れていた。買い物客と、地下鉄の心斎橋駅を行き来する人間と、待ち合わせの若者たちで、かなりの混雑をしていた。

女子高生が頭を下げて、サソリの女と北別府保に礼をしている。身代金とスマートフォンは、サソリの女が持ったままだ。

女子高生の様子がおかしい。顔を曇らせながら俯《うつむ》き、背中から降りても北別府保に腕を持って支えられている。足を怪我でもしたのか。

北別府保が右手を差し出し、女子高生と握手をする。サソリの女が、ライダースジャケットから紙幣を出し、女子高生に渡すと、タクシーは走り去った。

あの子はもう身代金を運ばないのか。負傷が理由だろうか……。それとも他に何か理由が？

タクシーを見送ってすぐ、サソリの女がスマートフォンを北別府保に見せたあと、二人が揉《も》め始めた。どうやら、北別府保が自分のスマートフォンで電話をかけようとしているのをサソリの女が止めているらしい。

すると、いきなりサソリの女が北別府保のスマートフォンを叩き付けて破壊した。ウエスタンブーツで踏みつける念のいれようだ。北別府保が摑み掛かろうとするのを軽く往《い》なし、身代金を運ぼうとする。

内輪揉めだ。そんなチームワークで、赤鼻のルドルフに勝てるわけがない。

そこに、スタジャンを着た若者が現れた。スタジャンの下には、サッカー日本代表のユニフォームを着ている。北別府保を見つけ、興奮しているのが、ここからでもわかった。今夜は街の至る所に、青いユニフォームを着た連中がいる。

しかし、北別府保はまともに相手をせず、サソリの女と並んで梅田方面へと走り去っていった。

……悪くない。次は、日本代表のサポーターに変装しよう。それなら、ユニフォームを手に入れるだけだし、熱烈なファンを演じれば、もう一度、サソリの女と北別府保に接近できる。まさか、さっきのトナカイの着ぐるみの中に入っていた人間が、サポーターになっているとは思うまい。

身代金を追うだけじゃダメだ。先手を打って、この誘拐の裏にある、赤鼻のルドルフの真の目的を突き止めてみせる。

女子高生を乗せたタクシーがちょうど私の前を通り過ぎようとした。彼女は悲しげな目で、御堂筋を彩る街路樹のイルミネーションを眺めている。

私は、手を挙げて御堂筋に飛び出し、強引にタクシーを止めた。運転手と女子高生が目を丸くして、仁王立ちの私を見る。

「轢き殺されたいんか、こらっ」

ブルドッグのような顔の運転手が、頭から湯気が出そうな勢いで怒鳴る。

私は、運転席の窓に近づき、刑事時代によく使っていた低い声で言った。

「悪いね。うしろのお嬢さんに用があるんだ」

19　十二月二十四日　午後六時

「元田章一だ。よろしく」

私は、タクシーの後部座席に乗り込み、女子高生に挨拶をした。

「だ、誰？」女子高生が眉をひそめ、ピンクのリュックサックでガードする。

「決して、怪しい者じゃない」

「いやいやいや、めっちゃ怪しいって」

運転手が困惑した表情で振り返る。「お客さん、警察呼びますよ」

「私が警察だ」

ここは、嘘も方便ということでいいだろう。

「それはそれは」運転手が、コロリと態度を変える。「何か、事件でもあったんですか」

「ああ。重大事件だ」なるべく優しい顔を作り、女子高生を見る。「私は赤鼻のルドルフを追っている」

「ほんまに？」女子高生の顔が輝く。「犯人は捕まったんですか？」

「いや、まだだ。だから、君に協力してもらいたい」

「もちろん、ウチにできることやったら何でもします」

「名前は？」

「里崎知子です」

私は、興味津々な顔の運転手を横目で見ながら言った。

「知子ちゃん、とりあえずはこのタクシーを降りてくれ」


御堂筋に降りた私は、簡潔に自分の立場を説明した。

刑事を一年前に辞めたが、単独捜査で赤鼻のルドルフを追っていること。今回の奴のターゲット、すなわち、轢かれたサンタクロースは、北別府保が所属する芸能事務所の社長の瀬川康行であること。瀬川がベンツに轢かれたところから、ずっと、身代金を運ぶ知子を尾行していたこと。

知子は若者らしい大きなリアクションで、私が話すたびに、「マジで？」とか「ヤバいやん」と反応した。

「じゃあ、おじさんは、カラオケ屋の看板を持っていた、あのトナカイに成り済ましとったん？」

「そうだ」照れることではないが、耳が熱くなる。

「マジで？　めっちゃカッコええやん。映画の中のスパイみたい」

「映画と現実は違う」

「どう違うの？」

知子が、餌をもらうのを待っている小動物のように首を傾げた。

「現実にハッピーエンドは存在しない」

たとえ、今夜、赤鼻のルドルフを捕らえたとしても、私の人生の闇は晴れない。

「バッドエンドの映画も多いで。ウチ、後味の悪い作品好きやし」知子が、小鼻を膨らませて続ける。「ビョークが主演の『ダンサー・イン・ザ・ダーク』観た次の日なんか、へこみ過ぎて学校休んだもん」

どうやら、この子は映画の話となると興奮するタチらしい。誘拐に話を戻そう。

「知子ちゃん、赤鼻のルドルフと連絡を取り合っていたよね」

知子が頷く。「瀬川さんから受け取ったスマートフォンでやけど。ダイレクトメッセージの文章がかなり不気味やったわ」

「受け取り場所の指示はあったかい」

「徒歩、もしくは全速力で、梅田まで運べって言われた。でも、梅田のどこかまではわからへん」

おそらく、梅田についてから指示する気だったのだろう。

「その指示は間違いないんだな」

「ウチのときはそうやった。今、身代金を運んでるベップさんは地下鉄に乗せられてるかもしれへんけど」

いや、それはない。乗り物で運ばれると尾行が難しくなる。

ここで、また大きな疑問にぶつかった。

なぜ、赤鼻のルドルフは、梅田のリッツ・カールトン大阪に泊まっていた瀬川を、わざわざ難波まで移動させ、そしてまた梅田へと歩かせようとしていたのか。

それも、サンタクロースの格好までさせて……。

アイツのことだ。必ず理由がある。

「知子ちゃんは、北別府保と知り合いなのか」

知子が、顔を赤くしながら首を横に振る。「ただのファン。もっと、違う形で出会いたかったけど、おんぶや握手までしてくれたから一応、ラッキーってことにしとかんとね」

「一緒にいた金髪のおかっぱの女は？」

「誰かは知らん。ベップとも初対面の空気やった」

元刑事としての勘だが、すべての謎を解く鍵は、あの女が握っているような気がする。

「協力してくれてありがとう。足を怪我してるんだろ。気をつけて帰りなさい」

私は、御堂筋のタクシーを止めようとした。

「ちょっと待ってや。まだ帰りたくない」

女子高生が、私の腕を摑んだ。真剣な眼差しで、私を見る。

「何を言ってるんだ。君の役目はもう終わったんだよ」

「終わらせたくないねん」

「何があったかは知らないが、子供は帰れ。これは遊びじゃないんだぞ」思わず、語気が荒くなる。

「足手まといになるのはわかってるわ」知子が、目を潤ませる。「そうやけど、途中で逃げ出したくないねん」

「……逃げることにはならないだろう。相手は、凶悪な誘拐犯だ」

「だから、ウチも戦いたい。絶対に逮捕して、もう二度と子供が誘拐されないようにする」

「素人がいくら頑張ってもどうにもならない」

「でも、助けたいねん」知子が、ボロボロと涙を流した。「命を落としそうな人が目の前にいるのに、自分だけ家に帰られへん」

OPAの前で待ち合わせをしている人たちが、ヒソヒソと話しながらこっちを見ている。端《はた》から見れば、中年の親父がミニスカサンタの女の子を泣かしているよろしくない姿だ。

「わかった。私の負けだ」

これ以上、時間をかけられない。知子が、赤鼻のルドルフと連絡を取り、身代金を運んだのは事実だ。一緒にいれば、何かヒントをくれるかもしれない。

「ほんまに！　めっちゃ、嬉しい！」

知子の涙が、ピタリと止まった。


私たちは、御堂筋を先回りすることにした。

OPAの前から長堀通まで歩いてタクシーを拾い、四ツ橋筋から一気に本町通まで行き、右に折れて御堂筋の本町へと出た。

ただ、まいったのは、長堀通まで私が知子をおんぶで運んだことだ。

「まさか、一日で二人の男の人におんぶしてもらうと思わんかったわ」

背中のうしろで、知子が笑った。無意識だとは思うが、足をパタパタと子供のように動かしている。

「足を怪我しているんだから、仕方がないよ」

「たまには、痛い目にあうのもええなあ。自分の弱さをわかってないと、強くなられへんもん」

本当に現状を把握してるのか、疑いたくなるほど明るい子だ。

ベンツに轢かれた直後の彼女には、そんな印象を感じなかった。美しさはあったが、どこか自分を押し殺している雰囲気があった。

誘拐事件に巻き込まれて、陽気になった？

何にせよ、彼女は自分の殻を破ったのだろう。人生には、善悪や正解不正解、合理的か不合理かなど関係なしで、闇雲に、今、目の前にあるものの影響を受ける時期がある。

それが、若さというものだ。

タクシーに乗り込んでからも、知子は饒舌だった。

「ほんまに今日は、悪夢のクリスマス・イヴやわ。親友に男を略奪されるし」

「それは酷いな」

「こういうときってどうしたらええの？　やっぱり、復讐すべき？」

「忘れるしかない」

私は、檜山の言葉を借りた。

「どんだけ嫌なことがあっても？」知子が上目遣いで見る。

「そうだ。忘れるしかないんだよ」

吊り橋から投げ落とされる奏太君。濁流に飲み込まれて消える。

私の腕があと少し長ければ、もっと必死に泳いでれば、奏太君は死なずに済んだのに……。

「やっぱり、忘れるのは無理ちゃう？　他にもっと嫌なことがあるけど、それも全部忘れるなんてできるわけない」

「親友に裏切られるより辛いことがあるのか」

知子が、目を閉じて頷く。「両親のことやねん」

「それは難しいな。親友は絶交できるが、親との関係は一生続くからな。なのに、子供は親を選べない」

「それが、選べるねん」知子が、再び上目遣いで私を見る。「パピ子が言ってた」

「パピ子？」

「ウチを裏切った親友のアダ名。物知りで、学校のクイズ王やねん」

「子供がどうやって親を選ぶんだ」

「パピ子が、産婦人科の先生が書いた本を読んでんけど、生まれる前の記憶を語る子供は結構いるねんて。イメージも共通してて、空や雲みたいなところに赤ちゃん同士でいて、あの人の子供になろうって決めて産まれてくるらしいよ。中には、話し合いで順番決める兄弟もいるって」

「へえ。そんな話があるのか」

太陽と輝水の二人が、私とひかりを選んでくれたのか。私みたいな最低の父親をなぜ選んだ。

そして、その太陽が結婚し、父親になろうとしている。

「ウチは納得できへんわ。赤ちゃんの頃の自分が、なんであの両親を選んだのか理由を知りたい」

太陽と輝水も、同じことを思うだろう。

私のスマートフォンが鳴った。檜山からだ。

「どうだった？」

『北別府と瀬川の犯罪歴が出ました。二人とも洗いたてのシーツみたいに真っ白な人間ですね』

「そうか……勘が外れたな」

『でもないですよ』檜山が、もったいぶる。『驚愕《きょうがく》の事実が発覚しました。瀬川の娘は誘拐されてません』

「……なんだと。なぜ、わかった？」

『税務署のふりをして瀬川の自宅に電話したんです。芸能事務所のことで幾つか質問をしたくて。すると、小さい女の子が電話に出たんです。《パパいないよ》って言ってました』

「本当か」

瀬川家に子供は一人しかいない。瀬川の妻から聞いた。

『娘が勝手に出たんですね。そのあと、母親が慌てて代わりましたけどかなり動揺していました』

……何が起きている。瀬川の娘が無事ならば、この誘拐事件は何だ？　瀬川の妻が私を騙したのか。

頭の中で完成間近だったジグソーパズルが、バラバラに壊される。

赤鼻のルドルフのターゲットは、瀬川の娘じゃない。

「北別府保に子供はいるのか」

『それも調べておきました。別れた妻との間に小学三年生の男の子がいるんですが、まだ家に帰ってきていません』

「その家にも電話をかけたのか」

『はい。ピンときたもんで。小学校の関係者のふりをしました』

さすが、現役の刑事だ。仕事が早い。

誘拐されたのは、北別府保の息子だ。

「赤鼻のルドルフと瀬川の妻はグルだな」

『その可能性は高いですね』

とうとう、アイツが尻尾を出した。興奮で全身にアドレナリンが駆け巡る。

「また連絡する。待機していてくれ」

『人使いが荒いなあ。ギャラはキャバクラのはしごですよ』檜山はその後、瀬川が入院した病院名を告げると、笑いながら通話を切った。

知子が、心配そうにこっちを見ている。

「ウチに何かできることがある？」

タクシーが御堂筋と本町通の交差点に差し掛かる。

「まず、変装用の衣装を借りよう」

私は、居酒屋の前でたむろしている連中をタクシーの窓から指した。サッカー日本代表のユニフォームを着たサポーターの連中だ。

20　十二月二十四日　午後六時三十分

十五分後。

「赤鼻のルドルフ！　こそこそ隠れてねえで出てきやがれ！」

北別府保が、御堂筋に向かって絶叫した。

明らかに急な展開を見せている。叫ぶ前、北別府保はスマートフォンで誰かと話していた。

「ほんまや。ベップが現れた」

御堂筋を挟んだ居酒屋の前で、サポーターの連中がざわつく。

「ほらね」知子が居酒屋の入口で、得意気に胸を張る。

彼女は、居酒屋のトイレを借りて、学校の制服と紫色のダッフルコートに着替えていた。

こっちのほうが、ミニスカサンタよりも遥かに似合っている。

十五分前。タクシーを降りた私たちは、サポーターの連中に近づいた。知子のおかげで、怪しまれずに済んだ。むさ苦しい中年男の私だけだったら、警戒されて話すら聞いてもらえなかっただろう。

知子は、「ツイッターの情報で知ったんやけど、ベップが御堂筋を走ってるみたいよ」とサポーター連中に話しかけた。私はツイッターがどういうものかよくわかっていないが、知子のうしろで頷いた。

「私のお父さん、ベップの大ファンなんやけど、シャイでよう話しかけられへんて怖《お》じ気《け》づいてるの。サムライブルーの力を借りたいから誰かユニフォーム貸してくれへん？」と交渉までしてくれた。

この子を連れてきてよかった。心底、そう思った。

「さあ、みんな。ベップに会いに行こう」

知子の合図で、サポーター連中が、一斉に走り出した。

「お父さん、頑張って」知子が、居酒屋の入口で手を振る。

「ありがとう」

サイズの合わないユニフォームを着た私は、おかしくなって笑みを零した。

不思議な感覚だ。一人で赤鼻のルドルフを追っているときは、絶対に笑うことなんてなかった。毎朝、別人になった自分の顔を鏡で見ては、怒りから逃げることのできない人物に睨まれている気分を味わった。

「お礼はいいから、赤鼻のルドルフが捕まったらプリン買ってな」

知子も笑みを返してくれた。

「北別府さん、握手してください」

御堂筋を渡った私は、顔が引き攣っている北別府保の手を握り締め、あらかじめ用意したメモを渡す。コンビニのレシートの裏に《私は味方だ》というメッセージと私のスマートフォンの電話番号を書いてある。

「本物だ。本物のベップだよ」

「私たち、今日、長居スタジアムに行ってきたんです。めっちゃかっこよかったです」サポーターの連中が、北別府保をもみくちゃにしている間に、サソリの女に近づいて訊いた。

「この方は、恋人さんですか」

「婚約者よ」サソリの女が私を睨みつける。

「左目はどうしたんですか？　怪我でもしたんですか」

「ただのものもらいよ」

「ぜひ、お名前を教えてください」私は、低く渋い声で訊いた。

お前は、一体、何者だ。

サソリの女が、なぜか、幸せそうな笑みを浮かべる。「井戸内月子よ。あんたは？」

正体を探られるのが嬉しいのか？　それとも、私には無理だと見下しているのか？

「元田章一だ」私は、本名を教えた。

……月子。陰のあるこの女に、ピッタリの名前だ。

お前の正体は何者だ。


それから、さらに十五分後。

私と知子は、御堂筋と本町通の交差点にあるスターバックスにいた。

ここで、北別府保からの連絡を待つ。

店内には、大小さまざまなクリスマスツリーが飾られている。一番大きいものは大人の背丈ぐらいある。

「のんきにお茶なんてしてていいの？」

知子が、甘そうなキャラメル味のラテを飲みながら言った。

「ああ。電話がかかってくると信じるしかない」

私は、チャイティーラテという代物を飲みながら答えた。初めて飲むが、甘ったるい飲み物だ。注文を知子に任せたら、勝手にこれを頼んで持ってきた。

「もし、かかってこんかったらどうするのよ」

「そのときは、そのときで考える」

知子が、呆れたとばかりにため息を吐く。

「おじさん、子供もおるの」

「ああ。大学を辞めたばかりのと高校をサボってばかりの、どうしようもない息子が二人いる」

「なかなか、大変だね」知子が、同情して笑う。

「上の息子が結婚するらしい」

「らしいって、ずいぶん他人事やね」

「一年近く家に帰っていないからだ」

ため息が漏れそうになるのをチャイティーラテで流し込む。

私は、息子たちが今何を考えて、どういう生活をしているか、他人よりも知らない。顔を整形してから、より家族を遠くに感じる。

「息子さんたち、寂しがってると思うで」知子が、真顔になった。

「そんなことは微塵《みじん》も感じてないだろうよ」

知子が、激しく首を横に振る。

「会おうと思えば会えるのに、離れているから寂しいねん。ウチ、オトンが七歳のときに死んだけど、今は寂しくない」

「そうなのか……」

「なんて偉そうに言っても、ウチかってオカンとの関係は最悪やねん。一年間、口を利いてへん」

「長いな。もっと素直になったらどうだ？」

「おじさんに言われたくないわ」

二人で、笑った。このひとときだけ、誘拐を忘れかけた。

こんな娘が欲しかった。この子が家にいるなら、毎日、会いたくて家に帰る。だが、それは他人同士だから言えることなのだ。家族の立場になれば、家庭を捨てようとしている私を許せず、口を利いてくれなくなるだろう。

テーブルに置いてあった、私のスマートフォンが鳴った。

「かかってきた」知子が、興奮して手に持っていたカップを置く。

知らない電話番号。間違いなく北別府保だ。私は、素早く電話に出た。

『もしもし』緊張している声が言った。

「誰だ」私は、知子と目を合わせながら訊いた。

『北別府保だ。そっちは？』

「元田章一だ。ありがとう。よくぞ電話をかけてくれた」

良かった。私を味方だと信じてくれた。

『あんたは何者なんだ』突慳貪《つっけんどん》に訊いてくる。

「今は、まだ言えない。だが、君たち二人を助けたい」

『あんたのメリットは何だ』

つい、鼻で笑った。「赤鼻のルドルフに借りを返したいだけだ」

『なぜ、笑う？』

「今の私にメリットという言葉があまりにも似合わないもんでね」

赤鼻のルドルフとの決着がついてもつかなくても、どうせ、すべてを失う。

『具体的にどうやって助けてくれるんだ』北別府保の声は、不安げだ。

「情報を提供する」

『どんな情報だ』

「身代金を用意した人間を教えよう」

この反応で、北別府がどこまで知っているのか探れる。

『だ、誰なんだよ』

「君の代理人である瀬川だ。瀬川が身代金を用意した。そしてサンタクロースの格好をして身代金を運んでいた途中、御堂筋でベンツに轢かれた」

『嘘だろ……。ありえない』

この反応は、演技ではない。表情を見なければ確定はできないが、声のトーンを聞く限りは真に迫っている。

「嘘ではない。私は三日前から瀬川の尾行を続けていた」

『瀬川の容態は？』

「意識不明の重体だ。今、南堀江の総合病院で治療を受けている」

『今回は本当に赤鼻のルドルフの犯行なのか』北別府保は訊いた。

「どうして、そう思う？」

『だっておかしいだろ。駿を誘拐したのに、なぜ、父親の俺に連絡してこなかったんだ』

やはり、誘拐されたのは自分の息子だということは知らされていた。サッカーの日本代表になるほどの男が、打ちのめされ、狼狽《ろうばい》している〝ただの父親〟になっている。

「それはわからない。赤鼻のルドルフのことだから何か狙いがあるとは思うが」

『あんたが目立つからよ』

月子の声だ。透き通っているが、同時に力強さもある。多額の身代金を運んでいるにもかかわらず、まったく心がぶれていない。

「その声は、井戸内月子か？」

『そうだ』月子の代わりに、北別府保が返事をする。

「私からも二、三、質問がある。君たちはどこに向かっているんだ」

『梅田よ』月子が、躊躇なしに答える。

「梅田のどこだ？」

『そこまで細かく指示はされてないの。ただ、走らされているだけ』

本当なのか嘘をついているのか、声だけでは読みとれない。

「アメリカ村のラブホテルで君たちが助けたサンタの女の子は、知り合いなのか」

知り合いではないとわかってはいるが、あえて言った。自分たちもずっと尾行をされていたと知ったら、動揺し、重圧を感じるだろう。

『違う。あの子は赤の他人だ』

北別府保が答える。あまり、月子に話させたくないようだ。

「わかった。とにかく、君たち二人は、身代金を無事に運んでくれ。息子さんの命が最優先だ」

身代金さえ無事ならば、赤鼻のルドルフにたどり着く。

『あなたは、どこにいるの？』月子のほうから、探ってきた。

「休憩中だ。今日は走りっぱなしでさすがに疲れた。すぐに君たちを追うから気にせず、梅田まで向かってくれ」

『情報を待ってるわ』月子がそう言って、一方的に通話を切った。

手応えを感じる。今夜こそ、赤鼻のルドルフに手が届くかもしれない。

「……おじさん」

テーブル越しに座っている知子の顔が、青ざめている。その視線は、私の背後に向けられていた。

背中に突き刺さるような殺気。

振り返ろうとしたそのとき、私の首はもの凄い握力で掴まれた。

「また会えたね。ドキンちゃん」

黄緑色のダウンジャケットのレイプ魔が、私のうしろにいた。椎名だ。名前は、知子から聞いていた。北別府保が《ドリームキャッスル》で、看板で殴りつけて倒したことも。

「い、生きてたの」知子が、ガタガタと震え出す。

「僕が死んだらドキンちゃんが悲しむだろ？」

どうして、ここがわかった？

私は、首が折れそうな痛みを堪えながら、必死で考えた。

こんな目立つ男に尾行されたら絶対にわかるはずだ。何かがおかしい……。

「何の用よ……」

知子が椅子から立ち上がる。周りの客も、様子がおかしいことに気づき始めた。店内は、クリスマス・イヴだからか、ほぼ満席だ。ここで、銃は使えない。

「僕と一緒に来て欲しいんだ。この元刑事のおじさんもね」

店内の壁や柱が、ぐにゃりと曲がった。時間がゆっくりと流れ、私の鼓動だけしか聞こえなくなる。

なぜ、レイプ魔の椎名が、私のことを知っている？

チャイティーラテのカップを摑み、プラスチックの蓋を外す。ホットで良かった。

私は、椎名の顔に向けてカップの中身をぶちまけた。

「アチッ！　チクショウ！」

椎名が、私の首から手を離した。店内に複数の悲鳴が上がる。

素早く立ち上がり、座っていた木の椅子を持ち上げた。額に傷ができている椎名が、鬼の形相で顔半分を押さえている。

そこを北別府保に殴られたんだな。

私は、その傷めがけて椅子を振り下ろした。腕でガードされ、椅子がバラバラに砕ける。椎名が首を回しながら距離を詰めてきた。

この、化け物め。

銃を出そうとしてスーツパンツのポケットに手を入れた瞬間、椎名が低いタックルで突っ込んできた。柔道？　いや、レスリング経験者の動きだ。

避け切れずに両膝を捕まえられ、スターバックスのレジの前に転がされる。注文の列に並んでいた連中が、悲鳴を上げながら蜘蛛《くも》の子を散らすように逃げた。手から銃が離れ、フローリングの床を滑っていく。

「銃を持っているなんて聞いてないぞ」椎名が驚きつつ、私に馬乗りになった。「ちょっと、大人しくしてもらうよ」

拳が飛んで来て、私の顎を捉える。脳が揺れた。かなり喧嘩慣れした人間の殴りかただ。もう一度、椎名が拳を振り上げる。

反射的に両腕でガードをして、背中を向けたのが間違いだった。うしろから椎名の腕が二匹の蛇のように私の首に絡み付く。チョーク・スリーパーだ。頸《けい》動脈を締められたら、ものの数秒で失神する。

太い腕が、首にガッチリと食い込んだ。瞬く間に意識が飛びそうになる。店内の照明に照らされて輝いていたクリスマスツリーの飾りがぼやけてきた。

高千穂峡の真名井の滝に反射する光。眩《まぶ》しそうに目を細めるひかりの顔が過る。

そうだ……太陽の結婚……許してあげなくては……。

「おらあ！」

知子の雄叫《おたけ》びが、店内に響き渡る。巨大なクリスマスツリーが、私たちめがけて倒れてくるのが視界の端に映った。

ゴツリという鈍い音。椎名の腕の力が弱まる。

クリスマスツリーの下敷きになった私は、咳《せ》き込みながら這い出した。ちょうど、椎名が私に覆い被さって首を絞めていたので、衝撃は椎名が吸収してくれたのだ。

小さなクリスマスツリーの植木鉢を持った知子が、仰向けに倒れている椎名の側に立っている。植木鉢は、鉄製だった。

「赤鼻のルドルフは誰なんだ」

私は椎名の髪を摑んで顔を上げさせ、訊いた。

「……さん」

椎名は掠れた声で呻いたあと、意識を失った。

「おじさん、逃げよう！　店に警察呼ばれたで！」

知子が私の腕を強く引っ張る。

銃はどこだ？　見当たらない。

遠くで、パトカーのサイレンが鳴っている。

私は、銃を諦めて立ち上がった。知子は、すでに片足跳びで店の外に出て、本町通でタクシーを拾っている。

目眩を堪えながら、私も店を飛び出した。

「早く！」知子が、先に後部座席に乗り込み、ドアを開けて待っている。

転がるようにしてタクシーに乗り込み、運転手に言った。

「急いで梅田に行ってくれ」

「はいよ」

運転手は動じる様子もなく、タクシーを発進させた。スターバックスの騒ぎには、まったく気づいていない。

どこだ？　どこにある？

「何を探してんの？」

スーツのポケットを弄る私を、知子が心配そうに見る。

あった。パンツのうしろポケットに、一円玉ぐらいのサイズの黒いプラスチック製の四角妻に送ったのと同じGPSだ。ご丁寧に二つも仕込まれていたとは。

表のサポーターとして北別府保に接近したときに入れられたか。あの場で、こんな芸当ができる人間は一人しかいない。

私は、椎名が失神する寸前に吐いた名前を思い出しながら、GPSを握り締めた。もう片方の手の指を激しく鳴らす。

「月子さん」

椎名は、たしかに、そう言った。

第四章　誘拐犯はすべてを知る

21　十二月二十四日　午後三時

わたしは、ベンツのアクセルを踏み、サンタクロースを轢いた。

仕方のない選択だった。瀬川が死ぬことはないと思うし、背に腹は替えられない。一瞬の判断の遅れが、すべてを台無しにする。紫色のダッフルコートの女子高生まで轢きそうになったときには肝を冷やしたが。

このシーズンの御堂筋の渋滞を侮っていた。

身代金を運ぶ予定だった瀬川が、偶然、北別府とバッティングするなんて。二人が顔を合わせてしまったら、その時点でこの計画は破綻する。

たぶん、瀬川は北別府の顔を見たのだ。だからこそ、逃げるために急に走り出して、御堂筋に飛び出したのだろう。

瀬川が意識を取り戻すまでに身代金を回収し、計画を練り直さなければ。パトカーが駆けつけ、警官に身代金を見つけられたら終わりだ。

わたしの名前は、井戸内月子。本日、クリスマス・イヴに誘拐を実行する。ある依頼人のために。

失敗は許されない。誰かの人生にわたしが必要なら、命を賭けても惜しくない。

わたしは、事故を起こしてすぐ、携帯電話を耳に当ててベンツから出た。目撃者たちに、変装したわたしの姿を印象づけるためだ。通話の相手は、助手の椎名六助《ろくすけ》だった。掃除屋稼業から足を洗い、便利屋のような仕事を始めてから、よく組んでいるパートナーだ。

椎名とは、二年前にスポーツジムで出会った。「月子さんですよね」と向こうから声をかけてきたのだ。椎名が裏社会の人間だということはすぐにわかった。「月子さんの噂を聞いてます。憧れていたんです。何かあればお手伝いします。強くて賢い女性がたまらなく好きなんです。そういう女性に使われたいんです」と言われた。体が頑丈そうだ、という点が気に入って、それ以来使っている。

椎名の素性は知らないし、興味もない。仕事相手の過去を知ったとして、何の意味がある？

「トラブルよ。わたしのミスだわ」

わたしの電話に、椎名からの返事はない。当然だ。彼は、耳に差したワイヤレスのイヤホンでわたしからの指示を受けるだけ。彼も今、仕事中だ。もう一つ、彼には大切な役割がある。彼の周囲の音をわたしに届けるという役目だ。

『助けに行くから車を停めてくれ』

わたしの耳に差しているワイヤレスのイヤホンに、北別府の声が入る。

『ダメですよ。有名人なんですからパニックになります。見てください。サムライブルーを着た連中が歩道にチラホラいるじゃないですか』

今の椎名は、北別府の事務所の新人ということになっている。前歯が極端に大きい入れ歯をさせて、人相を変えてもらった。が、そのせいで発音が悪く、聞き取りにくい。誰もが振り返るほどのルックスが、椎名の武器であり、同時に弱点だ。変装のときに、美形すぎるマスクと無駄な筋肉は、どうしても邪魔になる。

だからといって、あんな醜男に変装させることもなかったか。

北別府を運ぶ車は、椎名が用意した。後部座席に仕掛けている盗聴マイクもだ。

「そうよ、まだ車から降ろしちゃダメよ」わたしは、走り去って行く白いワゴンを見送りながら椎名に言った。「計画を変更するからわたしの指示を待って」

野次馬たちがわたしを見ている。警察が来たら、「セレブ風の中年女が」と証言してくれるはずだ。「パニックで逃げ出した」と言わせるために、大げさにテンパってみせる。

もう充分印象づけた、というところで、「わたしは絶対に諦めない」と大声で椎名に宣言して、なんばマルイのほうへと走り出す。その場にいる全員が唖然とし、追いかけては来なかった。

『ダーウィン賞ってご存知ですか』椎名が、無駄話で北別府の気を逸らしている。『その年で一番の〝愚かな死にかた〟を決める賞なんですけどね』

『そんなものがあるのか』

真うしろで轢かれたのが瀬川だということを、北別府に知られたら終わりだ。

椎名が、話を続けている。

『たとえば、パラシュートをつけずにスカイダイビングをしたり、踏切で動かなくなったポルシェを守るために走ってきた電車に突っ込んでいった人が受賞したりしてます。手榴弾でジャグリングした人もいますよ』

『単なる馬鹿じゃねえか』

『世の中には信じられない馬鹿がいるんですよ』

わたしが掃除屋をやっていたとき、周りにいるのは信じられない馬鹿ばかりだった。それこそ、〝愚かな死にかた〟をした死体に、嫌というほど遭遇した。

椎名の馬鹿話に付き合っている場合じゃない。

なんばマルイの横の細い路地に入った。急に人通りが少なくなる。

悪くないわ。

路地の入口に、チェーン系列の居酒屋があった。この時間なら、仕込みをしている。

引き戸を開けて、勝手に店内へと入る。

「お客さん、オープンは五時からなんですよ」

カウンターの奥で、はちまき姿で魚を捌《さば》いていた店員が言った。

「わかってるわ」

わたしは、カシミアのコートを脱ぎ、カルティエのサングラスと、ロングヘアーのカツラを投げ捨てた。

「え？　それは？」

「あげるわ。いらないなら捨てて」

金髪のおかっぱになったわたしを見て、店員がアングリと口を開ける。お気に入りの白いライダースジャケット。スリムのジーンズにウエスタンブーツ。この姿なら、事故現場に戻ってもバレない。

もしくは、わたしの左目が気になってるの？

わたしは〝天職〟を辞めたせいで、この傷を負った。そして、この目とともに、家族も失った。

わたしの過去なんてどうだっていい。すぐに御堂筋に戻り、救急車が来るのを見届けなくては。

「ありがとう」

わたしは、白く濁った左目で店員にウインクをすると、ジーンズのうしろポケットから愛用の黒い眼帯を取り出して装着した。


まだ、事故ってから五分も経っていないのに、現場に戻ると異変が起きていた。

瀬川にぶつかって倒れていた女子高生が、スマートフォンを受け取り、身代金のプレゼント袋を担いでいる。

「椎名。マズいわ。身代金がバトンタッチされたわ。居合わせた女子高生に運ばれる。瀬川が余計な真似をしたみたい」

瀬川の奴、大人しく気絶していればいいものを……。

「女子高生を道頓堀のドン・キホーテに誘導するわね。だから、北別府もそこに行かせて」

わたしは、御堂筋を走り出した女子高生のうしろ姿を睨みつけながら、携帯電話で椎名に指示を出した。

『すみません。道を間違えてしまいました』

椎名が、咄嗟に機転を利かせたようだ。

『なんばパークス以外に、この近所で小学生へのプレゼントが買えそうな店はあるか』北別府の声は、怒りを堪えている。

『あとはドン・キホーテの道頓堀店ですかね。もうすぐ四ツ橋筋に合流するので、千日前通に出て道頓堀に戻るって手もありますよ。トイザらスには、奥さんへのプレゼントは売ってませんしね』

『元奥さんだ』完全に怒らせた。

『す、すみません』椎名が慌てて謝る。

「馬鹿。落ち着いてよ」わたしは、イラつきながら椎名に言った。「早くドン・キホーテに行くよう説得して」

『どうします？』椎名が、何の工夫もなく急かす。

『ドン・キホーテにするよ』北別府が、渋々と承諾した。

『了解しました』

「あからさまにほっとしないで。千日前通沿いの戎橋筋の入口で車を停めて、北別府をドン・キホーテまで歩かせて」

次は、お節介な女子高生だ。

わたしは、瀬川のスマートフォンにダイレクトメッセージを送った。

《初めまして、お嬢さん。身代金を梅田まで徒歩、もしくは全速力で運んでください　赤鼻のルドルフ》

その身代金、大切に扱ってよね。

距離を保ちながら、女子高生の尾行を開始した。ちょうど三メートルほど前を、着ぐるみのトナカイが《歌い放題》と書かれた看板を持って歩いていた。看板と重なるように歩けば、女子高生が振り返ってもわたしの顔は見えない。

女子高生が、千日前通で足を止めた。信号待ちだ。

まずは、コミュニケーションだ。この女子高生が何のつもりで身代金運びを手伝うことになったのか、確かめたい。正義感一〇〇パーセントだったりしたら厄介だ。若いときの正義感は、無知な分、無謀で無敵だ。

少し長めのダイレクトメッセージに写真を添付した。

《僕の指令には必ず従ってくださいね、お嬢さん。まずは、ベンツに轢かれたサンタクロースと僕のダイレクトメッセージのやりとりの履歴を、読まずに消去してください　赤鼻のルドルフ》

写真は、瀬川の妻に協力してもらった。今回の誘拐事件を成功させるにあたり、まず最初にとり込んだのが瀬川の妻だ。夫の秘密をバラすぞと脅したら、すんなりと従ってくれた。

口にガムテープを貼った娘の顔写真。この写真の効果で、瀬川に「自分の娘が誘拐されている」と思い込ませることができた。

今回の依頼人が指定したターゲットは、瀬川でも、瀬川の娘でもない。

メッセージを見た女子高生が、大慌てで履歴を消している。この写真を見て、こちらの言うとおりにしたということは、やはり純粋な正義感が彼女を支配しているということか。

《僕の指令には必ず返事をしてくださいね、お嬢さん　赤鼻のルドルフ》と打つと、間髪入れずに、《わかりました》と返ってきた。

きっと、真っすぐないい子なのね。姿勢と歩きかたを見れば、その人間がわかる。

この子は巻き込みたくないわ。何とかして、穏やかに身代金を回収しなきゃ。あとで警察に駆け込まれても困る。

手っ取り早い方法を思いついた。うまくいけば、北別府も誘導できて一石二鳥……いや、三鳥だ。

《御堂筋から道頓堀へ右に曲がってください　赤鼻のルドルフ》と送る。

女子高生は、こちらの指示どおりに歩いて行ったが、わたしは千日前通を右へと折れた。

『北別府さんは屑ではないです。日本の守護神として、いつも素晴らしい守りを見せてくれるじゃないですか』

椎名の無駄話は、依然として続いている。

『守るものを間違ったおかげで、人生で一番大切なものを失ったよ』

どんな話の流れでこうなったかは知らないが、北別府の声がやたらと感傷的だ。

『……後悔してらっしゃるんですね』

『それを取り戻せるなら、すべてを捨ててもいい。真剣にそう思っている。まあ、今となっては絶対に無理なんだけどな』

『奇跡が起きるかもしれませんよ』椎名の声は、明らかに調子に乗っている。『だって今日はクリスマス・イヴなんですから』

　奇跡はわたしが起こす。

《ドン・キホーテに向かってください　赤鼻のルドルフ》と送る。

　女子高生にもサンタクロースの服を着せることに決めた。わたしが付きっ切りで尾行できない以上、すぐに見つけられるように目立つ格好をしてもらう。クリスマス・イヴのこの日、サンタのコスプレは確実な目印になるが、それほど人の注目を惹かない。

　わたしが、戎橋筋の入口に着いたのとほぼ同時に、椎名の運転する白いワゴンが目の前に停まった。後部座席から北別府が出てきて、急ぎ足でドン・キホーテのほうへと去っていく。

「お疲れ様です」

そそくさとワゴンの助手席に乗り込んだわたしに、椎名が頭を下げた。もう、変装用の出っ歯も眼鏡もカツラも外している。

「別に疲れてなんかないわ」

「でも、予期せぬトラブルの発生じゃないですか」

「慣れてるから気にしないで」

掃除屋のときは、トラブルのない現場など皆無だった。どの依頼人も、一方的にわたしを呼びつけ、「どうか、この死体を消してくれないか。俺は捕まりたくないんだ」と無理難題を突きつけた。

その無理難題をクリアするのに喜びを感じていたのは事実だ。わたしの才能が誰かを救えるのなら、どんなリスクでも背負う。

それが、わたしの性《さが》だ。

「新しい計画を聞かせてください」

椎名は、わたしの立てる計画にノーとは言わない。これが、この男を頻繁に〝使う〟理由の一つだ。安いギャラであろうが、わたしが助手を頼めば、いつ何時でも飛んでくる。

「サンタに着替えた女子高生を拉致して」

「写真はありますか」

「ないわ。身代金の入った白い袋が目印よ。サンタクロースが持ってるやつ。今は、高校の制服の上に、紫色のダッフルコート。ピンクのリュック。ピンクのスニーカーを履いてたわ。このままドンキに行って、その子を尾けてちょうだい」

「どこで拉致をするべきですか」

さすがの椎名も、戸惑っている。今までの助手の仕事は、男を相手に腕力を使うのが主だった。

「サンタの衣装に着替えるために、どこかの店のトイレを借りると思うの。そこでいいわ」

「かなりの人数に目撃されることになりますね」椎名の顔が引き攣る。

「そうね、難しい役どころになるわよね。大げさで、イっちゃってるほどいいわ。嫌なら仕事を降りてもらうけど？」

人のいる前で拉致しなければならない。女子高生にも野次馬にも、狂った男と思わせるのが成功させるポイントだ。

「……わかりました」

椎名が、覚悟を決めた。この男はノーと言わない。

「なるべく、狂った言動を心がけてね」

「はあ……」椎名が、目をしばしばとさせる。「拉致ったあとは、監禁するんですよね」

「そうよ。ラブホテルに連れ込んで。この近くにラブホテル街はあるの？」

「アメリカ村にありますが……そんな場所に連れ込んだら通報されませんか」

「通報されないスタイルで拉致しなさい。たとえば、お姫様抱っことか」

「努力します」椎名が泣きそうになる。

「ホテルに連れ込んだら、女子高生をレイプするふりをしてくれる？」

「本気で言ってるんですか？」

「あくまでもふりよ。そこに、わたしが北別府を連れていくわ」

「えっ？　どうやって？」

「それはわたしの仕事だから任せて。もう一人協力者が必要になるけどね」

途端に、椎名がムッとした表情になった。

「誰ですかそいつは？　月子さんの何を手伝うんですか？」

「これから探すのよ。わたしと知り合いのふりをしてもらうの」

一万円のギャラなら、動く人間はいるだろう。

「男ですか？」

「理想は女の子ね。女は演技が上手いから」

椎名の顔が、少し和らぐ。「どういった手伝いですか」

「わたしと北別府が店にいるときに乱入してもらって、『女子高生が椎名という札付きのワルにさらわれたから助けて』って言うだけよ」

もう少し、細かいディテールや台詞は練らなければならないが。

「それで、北別府が助けに行きますかね。あいつは自分の保身に走るタイプですよ」

「北別府は、誰も見ていないところだと保身に走るの。人がいれば、逆に体を張ろうとするわ」

「相変わらず、鋭い分析ですね」

椎名が、目尻を下げて感心する。普通にしていれば男前なのに、なぜか、わたしの前ではだらけた顔になる。

「一つだけ気をつけて」

椎名が、右の眉毛を上げる。「元田章一ですね」

昨日、元田が泊まっているビジネスホテルに、椎名がクリスマスカードを届けた。

「きっと現れるわ。すでに身代金を尾行しているかも」

元田章一が、今夜のもう一人の主役だ。

22　十二月二十四日　午後四時

「トイレに行ってくるわ。アイスコーヒーとフレンチトーストを注文しておいて」

わたしは、《アラビヤコーヒー》の二階でスキー板を眺める北別府にそう告げると、駆け足で階段を降りた。

椎名が女子高生を拉致できたか気になるが、まずは依頼人に計画の変更を伝えなければならない。とにかく、大幅な計画変更だ。急いでシナリオを立て直す必要がある。それと、〝女優〟も探さねば。

タイムリミットを五分に設定した。それ以上、北別府を待たせるのはマズい。駿君をネタに使って、ドン・キホーテからここまで引っ張ってきたのに、不審に思われて帰られたら新しい計画が早くも止まる。

コーヒーの香ばしい匂いが漂う一階を通り抜け、店の外に出た。この店には、掃除屋時代に大阪で出張仕事をした際、足繁く通った。あの頃はまだ、仕事の途中で〝お茶〟を楽しむ余裕があった。

携帯電話を取り出し、依頼人の番号にかける。依頼人には、今回のために専用の携帯電話を渡していた。

出ない。もしくは、人といるから出られないのか。

ならば仕方ない。わたしは、簡潔な文章で身代金のトラブルが発生した件を打つと、予定の店から移動してくれと頼んだ。新しい計画も伝える。依頼人に新たに用意して欲しいのは、人質の駿君が、拘束されている画像だ。

依頼人にメールを送ったのとほぼ同時に、椎名からダイレクトメッセージが届く。

《ラブホテルの地図です》とＵＲＬが添付されている。

拉致に成功したの？　それともまだ途中なのか。

まあ、いい。わたしは女優を買って出てくれる子をスカウトしなきゃ。

ここよりも、商店街のほうが人通りが多い。わたしは、歩いてすぐの戎橋筋商店街へと出た。すぐに、美容室のチラシを配っている女の子をロックオンする。見るからに美容師の卵だ。接客業なら多少の演技はこなせるだろう。

「ねえ、お願いがあるの」

「は、はい」

美容師が、わたしの眼帯を見てギョッとする。もう慣れっこの反応だ。

「簡単なアルバイトしない？」

「今、仕事中なんで……」

「五分だけちょうだい。ギャラは一万払うわ」

わたしは、人差し指を立てて金額を強調した。

美容師が眉をひそめる。

「それって、ＡＶですか？」

「アダルトビデオってこと？　違うわ」

「最初はそう言って安心させるんですよね。下着だけでいいから撮らせてくれとか言って」

「だから違うわ」

「最近、友達が引っかかったんです。どんどんギャラを吊り上げられて、気がついたら男優が登場したって。顔にボカシが入ったから、何とか彼氏や親にバレれるのは免れたけど」

「誓ってもいい。脱ぎはなし。拘束時間は五分以内よ」

「私、十万円もらえるならやりたいです。もちろん、ボカシはありでお願いします」

だめだ、こりゃ。

わたしは、やる気満々の美容師を無視し、次の女優候補を探した。

頭にバンダナを巻いた古着屋の店員風の女の子が、チラシを配っている。

「あと一時間後に開演です。絶対に面白いので観に来てください！　この近くのトリイホールという劇場です！」

幸運なことに、劇団員だ。

「ねえ、お願いがあるの」さっそく、声をかける。「簡単なアルバイトしない？」

「します！　いつですか」

即答だった。よほど、金に困っているのか。

「今からよ。拘束時間は五分だけ」

「今からですか……」劇団員の表情が曇る。

「ギャラは一万円」

「やります！」

劇団員に役割と台詞を説明して、わたしは《アラビヤコーヒー》へと戻った。

劇団員は北別府には興味はなさそうだったが、テレビのドッキリ企画だと聞いて、俄然、やる気を出していた。

二階では、北別府が憮然とした顔でホットコーヒーを飲んでいる。わたしのアイスコーヒーもテーブルに置かれていた。

席に着いた途端、椎名からダイレクトメッセージが入った。

《ラブホテルに入りましたが、いかがいたしましょう》

それぐらい自分で考えてよ。

わたしは、アイスコーヒーの氷を口に入れ、嚙んだ。掃除屋を辞めてから、氷ばかり食べている。ある理由で食への興味が失せた。氷は、ガリガリとした感触があるからまだよかった。

椎名に、《早くレイプするふりをしなさい》と返す。

「サソリが好きなのか」

北別府が、どうでもいいことを話しかけてくる。面倒臭いので否定した。

椎名から、《レイプのふりとは、具体的にどうすればいいでしょうか》と返ってくる。

子供じゃないんだから！

イラつくあまり、必要以上に氷を嚙み砕き、《とりあえず、パンツ一枚になりなさい》と打つ。ウブな女子高生であれば充分時間は稼げるだろう。ただ、最近の女子高生にどれだけウブが残っているかはわからないが。

「好きじゃないのに、そんな服を着るのかよ」北別府がしつこい。

「わたしの性格を表してるのよ」

「サソリが？」

「サソリだけじゃないけどね」

昔、組んでいた〝相棒〟から聞いた、サソリとカエルの話を気に入っていた。わたしは、サソリなのかカエルなのか。掃除屋の頃から、ずっと悩んでいる。

「その左目はどうしたんだ？　ものもらいでもできたのか」

あなたに教える義務はない。わたしは、首を振った。この眼帯の理由を、今まで人に話したことはなかった。

「じゃあ、怪我か」

「お待たせしました。フレンチトーストです。ごゆっくりどうぞ」

掃除屋を辞めてから、甘いものを一日一回は食べるようにしている。

わたしは、フレンチトーストを頬張り、集中して味わった。

「駿があんたに仕事の依頼をしたっていうのは本当なのか」

やっと駿君の話をしてくれた。

「あなたにそっくりよね。十日前、この店のこの席で会ったわ」

「この店に？　誰と来た？」

「一人でよ」

「信じられない。まだ小学三年生だぞ」

「あなたが思ってるより、彼はずっと大人だわ」

十日前に、駿君から依頼を受けたのは本当だ。ハッとさせられるぐらい、大人びた表情をする子だった。

「他人のあんたに何がわかる」

「他人だからわかるのよ」

わたしも、自分の家族のことは最後までわからなかった。

「何を考えてるんだ、あの坊主は」北別府が、ため息混じりに呟く。

あっという間に、フレンチトーストがあとひと口になった。

甘さが足りない……。

メープルシロップをたんまりとかけ、口に入れる。ある過去を思い出しそうになったが、強制的に記憶にフタをした。

「駿はあんたに何を依頼したんだ」

「なんだと思う？」わざと焦らして時間を稼ぐ。そろそろ、劇団員がやって来る時間だ。

「早く答えろよ。クイズをやりに来たんじゃないんだ」

「あなたが誰と結婚するのか調べて欲しいって」

これも、本当に駿君が言った台詞だ。

「はあ？　そんな相手はいない」北別府が、鼻で笑う。

「神様に誓える？」

「無神論者だけど、神に誓う」

わたしもかつてはそうだった。神様を信じるようになったのは、掃除屋を辞めてからだ。

「信じるわ」

「ありがとう」

「はい。これで終わり。帰ってもいいわよ」

「もう終わりなのか。たったこれだけのことならドン・キホーテで済ませてくれよ」北別府が、大げさにため息を漏らした。

「ここに連れてきたから、あなたは本当の自分になれたの」

劇団員、早く来て。本当に帰っちゃうじゃない。

「別にどこでも本当の自分だよ」

「いいえ。あなたはドン・キホーテでは人の視線を気にしていた。いきなりわたしに質問されてちゃんと答えられたとは思えない」

もっともらしい理由を並べてみる。

嘘は苦手だ。掃除屋を辞めてから、嘘をつく回数が増えた。掃除屋の頃はシンプルだった。

依頼人が処理に困るものを奇麗さっぱりと片付けるだけでよかったから。

「まあ、言われてみれば、そうかもしれないな」北別府が、あっさりと認める。「ずっと、俺を尾行していたのか」

「そうよ。あなたが泊まっているホテルは駿君が教えてくれたの」

これも本当だ。北別府は、昨夜からリッツ・カールトン大阪のスイートに宿泊している。

「駿は、この依頼にいくら払ったんだ」

「五千円よ。お年玉の残りだって。可愛いよね。わたしは受け取らなかったけど」

お年玉袋に入れてきたのを思い出し、笑いそうになる。

「相手が小学生だからか」北別府が、また鼻で笑った。

「わたしへの依頼に金はいらない」

実際、掃除屋を辞めてから、一円も受け取っていない。金なら掃除屋時代に充分稼いだ。女一人が苦労せず生きていける程度には。

「無料だと？　ありえない。命を賭けても惜しくないんだろ」

「誰かの人生にわたしが必要ならね」

今回も、必要とされたから大阪にやってきた。もちろん、ノーギャラだ。椎名への経費はわたしが自腹で払う。

北別府が財布を取り出し、五万円をテーブルに並べた。

「何よ、この金」

「息子が迷惑をかけたお詫びだ」北別府が、見下すような目で言った。

今、この男の本性が垣間見えた。

「迷惑なんてかかってないわ」

「駿のプレゼントを何にしようか悩んでるんだ。九歳の男の子ってクリスマスに何が欲しいと思う？」

わたしは、悲しげな駿君の顔を思い出し、ため息をついた。

「あなた、何もわかってないのね」

「どういう意味だよ」北別府が、顔を真っ赤にして声を荒らげる。「何が言いたいんだ。こっちは五万も払ってんだぞ」

可哀想な男。あなたも孤独なのね。

「もういい」

北別府が帰ろうとしたとき、やっと劇団員が現れた。

「月子ちゃん！　大変やで！」

遅い。わたしが指定した時間よりも三分以上オーバーしている。

「どうしたの」

芝居の時間だ。わたしは立ち上がり、北別府に見えるように心配そうな表情を作った。

「椎名が帰ってきた」

どうして、カタカタと震えるのよ。そこまで熱演しなくていいのに。

「刑務所から出てくるのが早過ぎるわ」わたしも目を見開き、演技のトーンを合わせた。

北別府が、刑務所という単語に動揺する。有名人ほど、犯罪には過敏だ。だからこそ、自分が関わってしまったときは滑稽なほどパニックに陥り、常識ではありえない行動を取る。

劇団員の熱演は続く。

「椎名の奴、さっそく女の子をさらってたで。サンタクロースの服を着た子やったけど、また例のところに連れ込んでレイプする気やわ」

「レ、レイプ？」北別府が仰天する。「なんだよ、そいつ」

わたしは、用意していた長台詞をなるべく怯えた表情で言った。

「椎名っていう札付きのワルがいるのよ。父親がヤクザでラブホテルを経営していて、そのひと部屋を自分の家として使ってるの。街で気に入った子を見つけては拉致してきてそこでレイプするクソ野郎よ」

「そんなもの、さっさと警察に通報すればいいじゃないか」

北別府がそう言うと、劇団員がアドリブを入れてくる。

「みんな、報復が怖くて通報できないねん。チクった人は必ず半殺しにされるし」

「それにラブホテルのどの部屋にいるかわからないから、警察が到着する頃にはレイプが終わってるわ」

椎名が選んだラブホテルは、《ドリームキャッスル》という名前だった。地図は、頭に叩き込んである。

「月子ちゃん、助けてあげなよ。まだ高校生ぐらいの女の子だったよ」

「わたし一人じゃ無理よ」

「この人、強そうやん。ガタイいいし」劇団員が、わざとらしく北別府を指す。「身長、いくつあんの？」

「一八八センチ」

わたしは、右目で北別府を見つめた。ここが勝負どころだ。

「あなた自身が決めることよ」

北別府は無表情を装っているが、わたしにはわかる。

心の中では、葛藤し、もがき、苦しんでいる。良心と保身の間で揺れているのだ。

十五秒後、耐え切れなくなった北別府が口を開いた。

「わかった。助けにいく」

なんとか、第一段階はクリアね。

23　十二月二十四日　六時三十分

新しい計画は、怖いほど順調に進んでいた。

女子高生から身代金を奪い返し、北別府とともに御堂筋を走って運ぶ。交通機関を使わないのには意味があった。待ち合わせのためだ。

でも、こんなときこそ、大きなトラブルが待っている。経験上わかる。わたしが、ベンツで瀬川を轢いたときから、運命は歪み始めているのだ。

『父さん……助けて』

スマートフォンのスピーカーから、駿君の声が聞こえる。

これも、にわかに仕込んだ新しい計画の一つだ。

「本当に駿なのか」

御堂筋。本町の手前。北別府が、掠れた声で言った。気の毒なぐらいショックを受けている。

当たり前だ。ついさっきまでは、他人の子供を助ける正義漢気取りだったのに、突然、事態が反転したのだ。

『本当だよ』

あとは、駿君が、わたしの用意した台詞を上手く話せるか。九歳とはいえ、感心するほど賢い子だ。馬鹿な真似はしないだろう。

「今、誰といるんだ？」北別府が呆《ほう》けた顔で訊く。

『赤鼻のルドルフって人』

北別府に、絶望が襲いかかる。

「今、駿はどこにいるんだ」

『それは言っちゃダメなんだって』

「駿。隣にいる人に訊いてくれ。何が目的なんだって」北別府の全身から、凄《すさ》まじい怒りが溢れ出す。

『わかった』

わたしは、この文章を《アラビヤコーヒー》でスマートフォンに打ち込み、依頼人にメールで送っていた。もし北別府が赤鼻のルドルフについて訊いてきたら、こう言うように、と。

『そっちのスマホの待ち受け画面の少女は、誘拐してないんだって』

駿君の言葉に、北別府がさらに愕然とする。

瀬川の子供は誘拐されていない。瀬川の妻が、夫と元田章一を騙しただけだ。

「駿、どこも怪我はしてないか」

『うん。僕は大丈夫』

「痛いことはされてないか」

『されてないよ。心配しないで』

健気な息子の言葉に、北別府が涙を零す。体は大きいがメンタルは脆《もろ》い。

駿君が、さらにわたしの文章を読んだ。

『息子を返して欲しいのなら、命をかけて身代金を梅田まで運べ。息子を殺されたくなければ、警察には連絡するな』

わたしは、北別府にさらに恐怖を与えるために、「あらかじめ用意されている文章を読まされてるわね」と囁いた。

北別府の怒りが頂点に達する。「待ってろよ、駿。父さんが絶対に助け出してやるからな」

『うん。僕は待ってるよ』

依頼人が、通話を切った。

その瞬間、北別府が、御堂筋に向かって怒りを爆発させた。

「赤鼻のルドルフ！　こそこそ隠れてねえで出てきやがれ！」

わたしは、落ち着かせるために、北別府の頬を平手で殴りつけた。

「取り乱すな」

「わかってる」

すぐに、冷静さを取り戻してくれた。スポーツマンは思考がシンプルだから扱いやすい。

わたしは、北別府の手からスマートフォンを奪った。さっきも、瀬川に電話をかけようとしたから油断はできない。早々に北別府のスマートフォンを破壊して正解だった。

「今の電話で二つのことがわかったわ。赤鼻のルドルフには協力者がいる」

「この御堂筋で俺らを見張っている奴が、協力者ってことだな」

「それはわからない。駿君を監禁しているのが協力者かもしれないわ」

見張っている人間は、あなたのすぐ隣にいるんだけどね。

「あんたが駿と最後に会ったのはいつだ？」

「十日前よ。依頼を受けてからは会ってないし、連絡も取っていない」

十日前は本当。連絡を取ってないというのは嘘だ。まさに今、人質として、いい働きをしてくれている。

「依頼人なのに？」

「駿君はケータイや自分専用のパソコンを持っていないから、メールもできないのよ。明日、調査結果を教えるために、またあの喫茶店で会う予定だったの」


十日前、わたしは東京にいた。

わたしの事務所は、駒沢にある。駒沢公園のすぐ隣にあるマンションの一室だ。掃除屋のときは、家庭があったので、事務所を構えずに携帯電話一本で仕事を受けていた。掃除屋から足を洗い、家族もいなくなったので、わたしは引っ越した。

ただ、事務所が狭いのと住居兼なので、依頼人を部屋に上げることはない。仕事の話は、駒沢公園でする決まりだ。

野球グラウンドの横にあるベンチに、駿君は座っていた。

冬だというのに、グラウンドでは少年たちが走り回って、元気に声を出してノックを受けていた。

「はじめまして。電話した北別府駿です。お忙しいのにありがとうございます」

丁寧な大人びた口調で、頭を下げる。野球帽とユニクロの青いダウンジャケット。ジーンズにスニーカーという少年そのものの服装をしているだけに、そのギャップがおかしかった。

「本当に、大阪から来たの」

「はい。日帰りで戻ります」

「わたしのことは誰に教えてもらったの」

子供の依頼人は、初めてではないが、わざわざ大阪からやってきたというのが気になる。

「父さんの代理人をしている瀬川さんです」

駿君は、自分があの北別府保の息子であることを電話でわたしに伝えた。そして、現在の家庭環境がどうなっているかも詳しく話した。

「君のお母さんと、その瀬川さんって人が付き合っているのね」

「はい。不倫です。母さんは、父さんと離婚したから独身だけど。瀬川さんが仕事で大阪に来るとき、何回か食事をしてたから、流れでそうなったみたい」

駿が、あっけらかんと言った。さほど傷ついている様子はない。現代の子供たちにとって、離婚や不倫はたいして珍しいものではないのだろうか。

「瀬川さんは、わたしの仕事を君にどう説明したの」

駿君が、少し顔を赤らめて肩をすくめる。

「瀬川さんから直接聞いたわけじゃありません。月子さんの名刺に『奇跡を起こす便利屋』って走り書きがしてありました」

「なるほどね」

瀬川は、人脈勝負の芸能事務所の社長だ。裏社会に出まわっているわたしの名刺を持っていてもおかしくはない。駿君は、瀬川の手帳か財布を勝手に開けたのだろう。

「本当に奇跡を起こせるんですか」

「起こせるわ」わたしは、右目で少年の顔を見つめた。「あなたが、わたしを信じてくれるのならね」

「信じます。僕の依頼を受けてください」駿君が、ジーンズのポケットからお年玉袋を出した。「新幹線代に使っちゃったから、少ないんですけど……」

お年玉袋の中から、皺くちゃになった五千円札を取り出し、渡そうとする。

「お金はいらない」わたしは、五千円札を押し返した。「君の人生にわたしが必要なら、命を賭けても惜しくはないわ」

「えっ？　でも……」

「代わりに、君の魂を見せて」

「どういう意味ですか」

「意味は、わたしが決める」

「僕が子供だから可哀想だと思っているんですね」

わたしは、静かに首を振った。

フェンスを飛び越えてきた野球のボールが、わたしの足下まで転がってくる。

「すいませーん！　ボールを取ってくださーい！」

グラウンドの少年たちが、手を上げている。わたしは、ボールを拾い、フェンスの上をめがけて投げた。

ミスった。指にボールが引っかかり過ぎて、見当違いの方向に飛んでいった。

ボールはベンチの背に当たって跳ね返り、ベビーカーを押している母親に向かっていく。母親は、黒いラブラドールも連れており、ボールに気づいていない。

危ない！

わたしが叫ぶ前に、駿君が反応した。

驚異的な反射神経とバネで真横に跳び上がり、長い手を伸ばして、ベビーカーに直撃寸前だったボールを叩き落とした。

そのまま硬いアスファルトに滑り込んだが、何食わぬ顔で立ち上がってボールを拾いフェンスの向こうの少年たちに投げ返す。

「凄い運動神経ね」

さすが、サッカー日本代表のゴールキーパーの息子だけある。

「これぐらい普通です」

なぜか、駿君は浮かない顔で言った。

「サッカーチームに入ってるの」

「入ってません」

「他のスポーツはやってるんでしょう」

「何もやってません」ぶっきらぼうに言い返す。

「もったいないわ。そんな素晴らしい才能の持ち主なのに」

駿君は俯き、か細い声で言った。

「北別府保の息子だって言われるのが嫌なんです」

「比べられたくないのね」

「それもあるけど……」駿君が、泣きそうになりながらわたしを見る。「父さんは許せない人だから」

「浮気のこと？」

北別府保が、一年前に浮気が発覚して離婚したことは、昨夜、ネットで調べた。当時の北別府は、バレて当たり前だというぐらい、手当たり次第にビッチと関係を持っていた。

「許せないんです」

「男は誰にでも浮気願望があるわ」

駿君は、わたしの正面に立ち、深く頭を下げた。

「父さんの浮気の本当の理由が知りたいんです」

そのとき、この少年の魂が見えた。


「ちくしょう」

北別府は、拳を握り締めて、御堂筋を睨みつけている。

駿君は、この男の血を引いている自分自身を許せないのだろうか。

「走るわよ。わたしたちにできることは、それしかないんだから」

わたしは、身代金の入った白い袋を北別府に渡した。

あなたの息子は、あなたよりずっと大人だわ。

キョトンとしている北別府を置いて、目的地へと走る。

「もう一つわからないことがある」すぐに、北別府が追いついてきた。「誰がこの身代金を用意したんだ」

「知子の話だと、サンタクロースの服を着た中年の男よ」

瀬川よ。瀬川が、隠していた金を引っ張り出してきたの。

「意味がわからねえ。そいつは誰なんだ」

「何よ。あれ」

わたしは、向かいの歩道の異変に気づいた。サッカー日本代表のユニフォームを着た軍団が満面の笑みで走っているではないか。

「しまった。サポーターに見つかったか」北別府が、舌打ちをする。

「大きな声だすからよ。あんたって、本物の馬鹿ね」

少しは息子を見習いなさいよ。

「うるせえ」

「あの連中を何とかしてよ。こっちに来るわ」

暗雲が立ちこめてきた。そろそろ、トラブルが発生するタイミングなのか。

「わかった。追い払う」

「暴力はだめよ」

北別府は、自分をコントロールできないレベルまで追い込まれている。いつ爆発してもおかしくない。

「よく言うぜ。自分はバイクの子を蹴り飛ばしたくせによ」

「あれは緊急だから仕方がないの。事前に断ったしね」

暴力ではなく、手段だ。蹴ったのではなく、足で押してバイクを降りてもらった感覚に近い。

不精髭の男が、猛然と突っ込んで来た。乱れた髪。黄色く濁った目。目の下の隈が鬼気迫った印象を与える。

「北別府さん、握手してください」

やっと、元田章一がわたしの前に現れてくれた。

御堂筋を歩きながら身代金を運んでいた理由は、この男と北別府を会わせるためだ。

24　十二月二十四日　午後七時三十分

「金はいらない。代わりに」わたしは、右目で北別府を睨みつけた。「あなたの魂を見せて」

本町通から二キロ北へと離れた御堂筋。時刻は午後七時半を回っている。

椎名がやられた。これも想定外の出来事だ。

今さっき、わたしが耳に差し込んでいるイヤホンに、情けないほどか細い声で連絡が入った。

『すみません、月子さん。元田を逃がしました。なぜか、元田は例の女子高生と行動しています。あと、銃を持っているかもしれないので気をつけてください』

椎名の声のうしろで、パトカーのサイレンが鳴っていた。何とか、捕まらずに逃げたようだ。あの椎名が本気でやられるなんて信じられない。ラブホテルで北別府に殴られたときは、自ら斜め後方にジャンプし、看板の打撃を最小限に吸収していた。そのあとのソファで白目になるリアクションが大げさ過ぎてハラハラしたけれども。

判断を遅らせるな。

わたしは、御堂筋を走ってきたタクシーに手を挙げた。

「おい、何をやってんだよ」北別府が、目を丸くする。

「梅田に移動するわよ」

側道に停まったタクシーの後部座席に乗り込もうとしたわたしの手を、北別府が摑む。

「赤鼻のルドルフから指示が入ったのか」

「入ってないわ」

「勝手な真似はやめろ。駿が殺されたらどうするんだ」

北別府は、青くなりながら御堂筋を見渡した。

「誰も見てないわよ」

「どういう意味だ？」

「今は誰もわたしたちのことを尾行なんてしていないの」

そろそろクライマックスに入っていい頃だ。

北別府がゴクリと唾を飲み込む音が、ここまで聞こえた。何かを言おうとして、陸に打ち上げられた魚のように口をパクつかせる。

「どうしました？　乗らないんですか？」

タクシーの運転手が、怪訝《けげん》な顔つきでわたしたちを見る。わたしが無視をすると、舌打ちを残してドアを閉め、走り去っていった。

呼吸を取り戻した北別府が、目を充血させて言った。

「まさか、お前が、駿を誘拐したのか」

「答える必要はないわ」

「てめえ！」

北別府が、わたしの胸ぐらを摑んで引き寄せた。その拍子に、シルバーのネックレスが切れ、カエルが宙に舞う。

カエルは、クリスマスのイルミネーションをキラキラと反射させながら、歩道脇の下水口に落ちていった。

さよなら……。

わたしは、心の中で呟いた。

あのカエルのネックレスは、二人の娘が大昔にわたしにくれたクリスマスプレゼントだった。

家族が殺されてから、思い出の品はクローゼットの奥に封印していた。なぜか、今夜はあのネックレスを着ける気になった。

ネックレスを着けていても家族のことを何も思い出そうとしないわたしに、カエルが怒って逃げ出したみたいだ。

「何がおかしいんだ?」

北別府がブルブルと震えながら、わたしの首を絞める。

「これでも悲しんでるつもりよ」

「嘘つけ。明らかに笑ってるじゃねえか」

「悲しみは、人それぞれよ。あなたにとやかく言われる筋合いはないわ」

「ふざけんな、この野郎」

我を失った北別府が、拳を振り上げる。

わたしは、目を閉じなかった。

北別府の重いストレートパンチが、左頰にめり込み、ぐしゃりと鈍い音がした。

勢いよくふっ飛ばされたわたしは、路駐の自転車に背中からぶつかったあと、前のめりになってアスファルトに倒れ込んだ。

　ボトボトと鼻から血が垂れ落ちる。だけど、鼻の骨は折れていない。左の頬骨か、眼底骨折だ。けど、どの部分よりも、見えない左目の奥の古傷が痛む。

「立てよ、おらっ！」

　北別府の革靴の爪先が、わたしの脇腹に突き刺さる。今度は、わかりやすくパキリと肋骨が折れる音が聞こえた。

　折れた箇所が痛まないように、静かに息を吐く。

　どこかの店から、山下達郎のあの曲が流れてきた。久しぶりに音楽を聴いた。

　家族が殺されてから、音楽が消えた。たとえ、店内のＢＧＭやテレビで歌が流れてきても、それがメロディを奏でてくれないのだ。

　味覚もなくなった。何を食べても、口の中でグチャグチャした感触しか残らない。ただ、娘たちが好きだった甘いものだけは、少し味がする。

「駿はどこだ！」

　北別府が、わたしの髪を鷲掴みにし、力任せに引き起こした。ブチブチと髪が抜ける。

「ついて来て……案内するわ……」

　喋るたびに、左の脇腹に痛みが走る。左目の奥は、痛みを通り越して、痺れに変わった。

「言え！　駿はどこだ！」

巨大な手の平が、私の首を摑んだ。サッカー日本代表のゴールキーパーなら、絞め殺すのも、首の骨を折るのも一瞬だろう。

御堂筋を歩く連中は、皆、見て見ぬふりを続けている。一方的に殴られているのが女であっても、熊のような体の北別府が恐ろしくて、近づけないのだ。

わたしは、ライダースジャケットのポケットから、自分の携帯電話を出した。

「どこに電話するつもりだ」

北別府が、手首を摑んで捻《ね》じり上げ、電話を奪おうとする。

「電話をかけるんじゃない……写真を見て欲しいの」

捻じ切れそうな手首の痛みに、気を失いそうになる。

「何の写真だ」

北別府の目が怯え、手首を摑む力が緩んだ。

「これよ」携帯電話のカメラのフォルダを開き、保存している一枚の写真を北別府に見せた。

北別府の全身の力が、一気に抜けたのがわかった。憐れなほど血の気が失せ、顔が死人みたいに白くなる。

「……駿」

保存していたのは、駿君の写真だった。口にガムテープを貼られ、両手を背中のうしろで縛られ、足首をガムテープでぐるぐる巻きにされている。

駿君は、虚ろな目をして絨毯《じゅうたん》の上で芋虫のように転がっていた。

「お前が、駿にこんな酷い真似をしたのか」北別府が目を見開き、ボロボロと涙を零す。

わたしは答えなかった。何を言っても、今のこの男の耳には届かない。

「ここにいると警察に捕まるわよ。あなたがわたしをボコボコにしているときに、きっと誰かが通報してるわ」

「望むところだ。俺は暴行罪で逮捕されてもいい。駿が助かるのならな」

「助かると思ってるの」

北別府の瞳に、絶望の光が宿る。「た、助からないのか」

「身代金が無事に届けば、助かると約束するわ」

「……届かなかったら、駿は殺されるのか」

わたしは、また答えなかった。これ以上、路上でお喋りをしている暇はない。

「駿君を助けたいのなら、タクシーを止めて」

北別府は、魂を抜かれたようにフラフラと歩きながら手を挙げた。

だいぶ、時間をロスした。元田と女子高生はどこにいるのだろう。これから、わたしが向かう場所に来る可能性は？

気になるのは、さっきの元田の電話のトーンだ。

本当に、二人はこの状況でお茶をしていたというの？　実際、GPSでチェックしたときはスターバックスにいた。

元刑事の人脈を生かした切り札でも残っているのか。何にせよ、計画の邪魔だけはされたくない。

わたしは、元田という男を侮っていたかもしれない。

タクシーが停まった。北別府は、身代金の入った白い袋を担ぎ、無言で乗り込む。わたしも続いて、隣に座った。

「どちらにします」

運転手が、わたしの顔を見て眉をひそめる。指で鼻を押さえ、血を止めていた。

片方の手でライダースジャケットのポケットからマネークリップで止められた数万円を取り出し、すべて運転手に渡した。シートが汚れたときの洗濯代だ。

「本町通から四ツ橋筋。梅田方面に向かってください。行き場所は、また近くになったら言います」

運転手は返事もせずに札束をふんだくり、アクセルを踏んで急発進させた。

北別府は、もう何も言わなかった。身代金のプレゼント袋を抱きしめながら、ジッと前を見つめている。

きっと、駿君に思いを馳《は》せているのだろう。

わたしも今夜だけ……このタクシーを降りるまでは、家族を思い出すとしよう。


ごく平凡な家庭だった。

それなりに幸せだった。夫は図書館勤め、小学生の娘たちは、毎朝、仲良く手をつないで学校へ行った。

お金には不自由していなかった。わたしの実家は、田舎では名の通った家で、この一戸建ての家も、夫と結婚するときに両親からプレゼントされた。絵に描いたような幸せの中で、なぜかわたしは自分の居場所がないような気がしていた。

わたしには、特殊な才能があった。死体の処理だ。

朝子という美しい女の殺し屋と出会い、コンビを組み、互いの才能が開花した。

わたしに消せない死体はなかった。いつしか、わたしは掃除屋と呼ばれた。

朝子が引退し、わたしは一人になった。

次第に、わたしは無茶な依頼を好んで受けるようになった。

朝子と組んでいたときは、リスクを考え、無謀な賭けに挑むことは避けていた。それでもわたしが受けそうになると、朝子が体を張って止めてくれたものだ。

一人になったわたしは、家庭でささやかな幸せを味わうたびに、ぽっかりと胸に穴が開くのを感じるようになった。その穴は日毎《ひごと》に大きくなり、わたし自身を飲み込もうとしていた。娘たちと過ごす時間は、神様に包まれているような温かいひとときだった。苦痛なわけではなかった。

ある日のことだ。

「ママ、神様にお祈りするわ」

娘たちが、わたしの布団に潜り込み、天井に向けて手を合わせた。

「何をお祈りするの」

「ママが寂しくなりませんようにって」

「あら。ママはちっとも寂しくありませんよ」

「でも、ママはパパがお仕事に行って、わたしたちが学校に行ってるときは、ずっと一人でしょ」

「一人じゃないわ」

死体といるわ。すぐにお別れするけどね。

「でも、ママ、いつも寂しい顔をしてるもん」

娘たちがわたしを両側から挟み、ぎゅっと腕を握ってくる。

「どんなときに？」

そんな顔をしている自覚はない。ニコニコと微笑んでいるつもりだった。

「洗濯物を干してるとき！」

「野菜の皮をむいてるとき！」

娘たちが、同時に答える。

「あとね、パパのネクタイを締めてあげてるとき」

「お風呂につかってるときもだよ」

わたしは、天井を見つめた。

「ごめんね。本当にママは寂しくないんだよ。それでも、お祈りしてくれる？」

「うん！」

「してあげる！」

娘たちは、目を閉じて、ブツブツと唱え始めると、すぐに眠りに落ちた。

わたしは、暗い部屋で両目をしっかりと開けて、神様に問いかけた。

掃除屋を辞めれば、寂しさは消えますか？

この翌日、足を洗うと宣言した。

予想どおり、各方面から反発があり、わたしは脅された。

「月子さん。どの世界でもそうだが、勝手をするならけじめをつけなくちゃいけませんよ」

ある日、わたしの仕事を仲介していた暴力団に拉致された。

「もう遅いわ。神様に誓ったの」

「地獄を見ることになりますよ」

その男は、野心に満ちていた。その野心の大きさをわたしは侮っていた。

右手の人差し指に、六角ナットの形をした指輪をはめている男……。

数日後、その暴力団のナンバー2が忽然《こつぜん》と消えた。シティホテルのひと部屋に高級マッサージ嬢を呼んだのを最後に、消息が不明になった。マッサージ嬢も消えた。シティホテルの防犯カメラの映像では、二人とも部屋から一歩も出ていない。

『月子の仕業だ』

噂が立つのは早かった。

わたしは、何もしていなかった。神様に誓った以上、もう掃除屋はやらないと決めていたのだ。

真犯人は誰か。一目瞭然だ。

人差し指に六角ナットの指輪をした男は、暴力団のナンバー3だった。出世のために、目障りな邪魔者を排除するために、わたしを利用したのだ。文字どおり、捨て駒にされた。

そうして、わたしは暴力団から報復を受け、左目と家族を失った。人に何か言われるときは、この傷のせいで掃除屋を辞めた、と言っているが、真相はこんなところだ。

六角ナットの指輪の男は、わたしの復讐を怖《おそ》れ、雲隠れをしている。

もし、見つけたら、一度だけ、神様との誓いを破る予定だ。


「いい部屋に泊まってるわね」

わたしは、リッツ・カールトン大阪のスイートのソファに腰を下ろした。鼻の奥にティッシュを詰め込み、無理やり鼻血を止めてある。

部屋は、リビングルームとベッドルームに分かれていた。コーナースイートで、窓の外には二方向の夜景が広がっている。備え付けの家具すべてが一流だとわかる。リビングルームの天井には豪華なシャンデリア。その下にグランドピアノ。暖炉まである。ソファの座り心地も申し分なかった。肋骨が折れているわたしにも優しい。

「おい、ここに駿がいるわけないだろう」

北別府は、動物園の檻《おり》の中の熊のように、落ち着きなくリビングルームをウロついている。

喉が渇いたのか、アンティーク調のローテーブルに置かれていたウェルカムドリンクのシャンパンを二口で飲み干した。

「答えろよ！」北別府が、シャンパングラスを壁に投げつけた。

暖炉の横に飾ってあるクリスマスツリーに当たり、床に落ちて割れた。割れる音まで上品だ。

「駿君に会えるのは、もう少しあとよ」

「約束が違うぞ。身代金を運べば、駿を解放する約束だろうが！」

「約束は守るわ」

「今すぐ証明しろ。じゃないと……」

「何？　わたしを殺すの」

北別府が歯を食いしばり、懸命に自分を抑える。ＰＫのときのキーパーのように両手を広げ、大きく息を吐く。

「よしっ。一対一の勝負だな」

何とか平静を取り戻した北別府が、両手で頬を叩き、気合いを入れた。

「勝負ならとっくに終わってる」

「言ってくれるじゃねえか。じゃあ、どっちが勝ったんだよ」

わたしは、左目の奥の痛みを全身で感じながら言った。

「誰も勝っていない」

北別府がぽかんと口を開け、鼻で笑い飛ばした。「引き分けってことか」

「敗者はいるわ。二人もね」

「……誰と誰だ？」

「あなたと瀬川よ」

北別府は、さらに大げさに笑い飛ばした。

「おいおい、被害者の間違いだろ。俺たち二人は、今夜は悪夢を見たんだぞ」

「見たんじゃないわ。見せられたのよ」

「てめえは神様気取りかよ」

違う。神様はこの部屋にはいない。

「わたしは依頼を遂行しただけ。途中でトラブルが起きたから、大きく計画を変更せざるを得なかったけどね。そして、その計画そのものを組み立てたのはわたしだけど」

見えるほうの右目が、霞んできた。肋骨の痛みが急に酷くなる。わたしの意識が切れるのが早いか、彼らが間に合うのが早いか、どっちだ。

判断を遅らせるな。運命に賭けてみせる。

「答え合わせの時間ね」わたしは、自分の携帯電話を出した。

「誰にかけるんだ？」

「あなたの元奥さんよ」

北別府が、顎が外れるぐらいに口を開ける。これで鮭を噛ませたら、土産屋の熊の置物にそっくりだ。

「なんで、あいつに……」

「駿君と一緒にいるわ」

わたしは、登録していた番号を押し、携帯電話を北別府に投げ渡した。脳天が割れるような痛みが、左目の奥から響く。

「駿は無事なのか」

「そうよ。最初から誘拐してないもの」

「マジかよ……」北別府が、絨毯の上にへたり込む。「瀬川の娘でもなく、俺の息子でもないのなら、誰を誘拐したんだ」

長かった仕事が、いよいよ終わろうとしている。

わたしは、身代金の入った白い袋を見つめながら言った。

「わからないの？　あなたよ。結果的に、ね」

25　十二月二十四日　午後八時三十分

「俺を誘拐だと……これのどこが誘拐だよ」

北別府が、発信音が鳴っているにもかかわらず、携帯電話を切った。

「駿君の無事を確認しなくてもいいの」

「うるせえ。教えろ。お前の狙いはなんだ。すべてを知っているんだろ」

北別府が、携帯電話を持ったままじりじりとソファに近づいてくる。

「すべてを知っているのはあなたでしょう」

「おい、また殴られたいのか」

「あなたが決めることよ。好きなだけ殴れば」

「黙れ！　この野郎！」

北別府が至近距離から投げつけた携帯電話が、わたしの額をかする。

「下手くそね。日本代表のくせにこんな近くでも当たらないの」

もっと、挑発しろ。我を失わせて、すべてを語らせろ。

「金か。金が欲しいのか」

北別府が、コートのポケットから財布を出した。

「何度も言わせないで。お金は欲しくないの」

「じゃあ、カードならどうだ？　ブラックカードなら買えないものはないぞ」

「あなたの魂はいくらなの？」わたしは、痛みで気絶しそうになるのを必死に堪えながら訊いた。「値段は？　わたしが買うわ」

「俺の魂は……売らねえ……」

北別府が苦しそうに呻く。

「あなたの魂を見せてくれるなら、すべてを教えると約束するわ」

「どういう意味だ？」

「意味はわたしが決める」

北別府が、大きく息を吐き、わたしの斜め向かいにあるソファに座った。

「わかった。魂を見せる。見せればいいんだろ」

ヤケクソになって怒鳴り、指を組みながら俯く。酷い貧乏ゆすりをしている。

「赤鼻のルドルフの正体を教えるわ」

北別府が、怯えた顔を上げた。

「……誰だ？」

わたしの右目は、身代金の入った白い袋から離れない。

「瀬川なんでしょ？」

北別府の呼吸が浅くなる。「どうして、俺に訊く？」

「あなたも知っていたからよ」

「そんなわけがないだろ。証拠はあんのかよ」

「証拠なら、あなたの左肩にあるわ」


「父さんは、右肩じゃなしに左肩を怪我してたと思うんです」

十日前。東京の駒沢公園のベンチ。

わたしの隣に座っている駿君が言った。

「ずっと、父さんのプレーをテレビで観てきたからわかるんです。父さんは去年のクリスマス頃から左肩を庇《かば》ってる」

「サッカーをしているお父さんが大好きだったのね」

駿君は、その質問には答えず、話を続けた。

「去年のクリスマス・イヴに、父さんは長野県の軽井沢でリハビリをしていたんです。でも、リハビリから帰ってきてから、左肩がおかしくなったんだ」

わたしたちの前を親子が通った。若い父親と幼い息子が、自転車の練習をしている。半泣きになりながらハンドルを握る息子を見て、父親は大笑いしながら自転車を押していた。

「去年のクリスマス・イヴに恐ろしい事件が起きたの知ってる？」駿君が、自分のスニーカーの先を見つめながら言った。

「赤鼻のルドルフよね。たしか、五歳の男の子が亡くなったわ」

「ピエロの格好をした奴が、男の子を川に落としたんだ」

わたしは、事件の詳細を鮮明に思い出した。世間を騒然とさせて、連日、ワイドショーやニュースで取り上げられていた。

「追いかけていた刑事が、ピエロの左肩を撃ったのよね」

駿君が、認めたくないとでもいうように、ゆっくりと頷く。

「お父さんが誘拐犯だと思ってるの？」

今度は、激しく首を振る。「お父さんは、お金に困ってません」

「お金に困ってる人が、お父さんの周りにいるのね」

「信じてください。父さんは、赤鼻のルドルフじゃないんです」

「信じるわ」

わたしは、駿君の肩を抱き寄せた。

北別府が、反射的に自分の左肩を押さえる。

「俺が怪我してるのは右肩だ」

「違う。あなたは、ずっと、この十キロ以上ある身代金を右肩で担いでいた。怪我しているほうの肩を使うなんて、プロのスポーツマンならありえない行為だわ」

「たまたまに決まってるだろ。こんな非常事態だぞ。右利きなんだから、右で担ぐのが癖なんだよ」

「口で嘘をつけても、体では無理だわ。駿君も、あなたが左肩を怪我してることに気づいていたのよ」

「駿が……」北別府が、左肩から手を離した。

「あなたはお金に困っていなくても、瀬川には、芸能事務所の経営で膨らんだ借金があった。その借金の返済のために誘拐を繰り返した。赤鼻のルドルフとしてね。駿君から、左肩の怪我の話を聞かなければ、わたしには思いもつかなかった筋書きだけど」

クリスマスカードを使って事件を大げさにする演出など、派手な業界で仕事をしている瀬川らしい。

北別府は、うなだれたまま何も言わない。

わたしは、すべてを語った。

「瀬川が世間を騒がしている誘拐犯だということを、あなたは何かの拍子で知って、焦った。せっかく日本代表に選ばれて海外のチームで活躍しているのに、あなたが仕事を超えたパートナーだと公言している事務所の社長が、実は凶悪犯だなんて世間に知れたら、多くのものを失うものね。たとえあなたが犯罪に絡んでいなくても、メディアはあることないことはやし立てるでしょうし、業界内で一度悪い噂を立てられたらイメージを回復するのにはかなりの時間を要する。復帰できない可能性だってある。海外のチームでの年俸とCMのスポンサーからの契約金を合わせたら数億円。そりゃ失いたくないわよね」

「だから……だから……」北別府が、さらに近づいてくる。「犯罪を止めようとしたんだ。奏太君を守ろうとしたんだ。瀬川に誘拐されないように、安全な場所に移そうとしたんだ」

「ピエロに変装してね。そして、元田章一に見つかった」

「俺は守ろうとしただけなんだよ！」

北別府が泣きながら、わたしの首を大きな両手で摑む。

「日本代表に選ばれるために、どれだけの努力を積み重ねてきたと思ってるんだ？　ガキの頃からすべてを犠牲にしてきたんだよ。俺の人生からサッカーを取ったら何も残らないんだよ。せっかく手にしたチャンスを瀬川のせいで潰されたくなかったんだ。事務所が借金で苦しいことなんて、去年まで知らなかった。去年の夏、瀬川から金を貸して欲しいと言われたけど、俺でも貸し切れる金額じゃなかった。その数週間後に、二人で酔い潰れたとき、赤鼻のルドルフは自分だって、打ち明けられた。瀬川がその話をしたのは、そのときだけだ。俺は嘘だって思った。酔っ払いの戯言だって。でもある日、あれだけ借金で苦しいと言ってた事務所の金庫に現金があるのを見たとき、やっぱりそうだったんだ、と確信した。俺は、誘拐が失敗すれば、もう瀬川は足を洗ってくれると信じた。そして何もなかったことにして、またこれまでどおりの生活を始めればいいって。それには、瀬川が誘拐する前に、子供をしばらく預かっていればいい。それで何もなかったことにできるって……それが……あの刑事が俺を追い込んだから。俺のことを『赤鼻のルドルフ』って呼んで、追いつめたりしたから。……勇気が欲しくて酒に酔っていた。正気じゃなかったんだ……」

「なんで、正々堂々、瀬川と向き合わなかったの？　やめろって言えばよかったじゃない」

「そしたら瀬川の罪を認めることになる。その罪を知って世間に隠したら、いつかこの事件が解決されてしまったときに、俺自身も罪に問われる。俺は何も知らないってことにしておかなければならなかった。だから変装して、正体不明のピエロの仕業にした。瀬川にも誰にも正体のわからないピエロになる必要があった。そのせいで、皮肉にも、『赤鼻のルドルフ』

はピエロの格好をしているって、世間は大きな勘違いをすることになったんだがな……。とにかくそれで、この誘拐事件が未解決のまま消えてくれれば、何でもよかったんだ。俺の経歴が傷つかなければ何でも」

「そんなくだらないプライドのせいで、少年の命を奪ったの？　あなたのプライドと少年の命を天びんにかけたのね」

「わかってる。忘れたことはない。ずっと悔やんでる」

「じゃあ、なんで逃げたの？　自首を考えなかったの」

「できるわけないだろ……俺は世界のベップなんだぞ」

「あっ、そう。そんなにサッカーが好きなら付き合ってあげるわ」

わたしは、北別府の股間を渾身《こんしん》の力で蹴り上げた。

ぐしゃりと潰れた手応えがあった。

北別府が、悲鳴を上げながら股間を押さえて絨毯を転がった。

わたしは、残りの力を振り絞って立ち上がり、身代金のプレゼント袋を開ける。

「メリークリスマス」

仰向けにうずくまる北別府に、袋の中身をぶちまけた。

この金は、瀬川が過去の誘拐で稼いだ金だ。

瀬川の妻に協力してもらって、娘さんの人質写真を撮ってもらった。瀬川の妻は、完全にわたしの言いなりに動いた。夫が北別府の元妻と浮気をしていることと、あの有名な赤鼻のルドルフの正体だということを教えたら、「私は何も知らなかった。私も被害者だ。逮捕するためならいくらでも協力する」と、夫への恨みと保身に必死だった。

元田章一に電話をかけたのも瀬川の妻だ。電話番号はわたしが教えた。

娘が誘拐されたと信じ込んだ瀬川は、隠していた金を掻き集めた。

凶悪な誘拐犯のくせに、自分の娘を誘拐されると、大いに動揺していた。でも、もちろんそれが狙いだった。子供を誘拐された親の苦しみを瀬川にもわからせたかったから、今回、瀬川に「娘の身代金を運ぶ」という地獄の使命を与えた。しかも、自分が名乗っていた「赤鼻のルドルフ」から脅迫されるなんて、どこから見ても悪夢だ。「赤鼻のルドルフ」から脅迫されたってことは、自分の正体がばれてるって言われたのも同然だ。瀬川は二重の苦しみでもがいたはずだ。

いや、実は今日、三重の苦しみを与えていた。去年のクリスマスに「赤鼻のルドルフ」として報道されたピエロの正体は北別府だった、ということを、スマートフォンのメッセージで送ったのだ。まさか、自分の仕事上のパートナーが、身代わりに撃たれ、しかも殺人者になってしまっていたなんて。さっき御堂筋で突然飛び出したのは、北別府の姿を見たからに違いない。

　わたしは、大国町の焼肉屋の個室で北別府が家族とディナーをすることになっている、というのを駿君から聞いて、最初の計画を立てた。

　瀬川にサンタクロースの格好をさせたのは、逃げるのを阻止するため。よほどの馬鹿ではない限り、そんな目立つ格好で逃走はしない。もちろん、わたしや椎名が尾行しやすいためでもある。それと、クリスマス・イヴに犯行を繰り返した瀬川に対する、わたしなりの皮肉だ。

　瀬川は娘を救うために、犯人の言いつけどおり必死で身代金を届けるだろう。届け先は大国町の焼肉屋だ。そこに北別府を一人で待機させる。瀬川はそこで「娘を誘拐した犯人は北別府だったのか。わざと赤鼻のルドルフと名乗って、俺を嘲笑い、娘を誘拐したのか」と怒りで激昂するはずだ。そこですべてお互いが真相を吐露することになる。

　わたしは北別府が予約していた焼肉屋の個室の隣を、予約しておいた。駿君と元妻には、「少し遅れます」と言わせて、実は隣の部屋で待機させ、二人のやりとりを聞かせるつもりでいたのだ（元妻には、元夫である北別府と、不倫相手である瀬川の罪のことは、前もって明かした。ひどく驚きはしたが、彼女は決して乱れることはなかった）。

　ここまでしても、駿君が一番聞きたいことが、そこで聞けるかはわからない。そのときは、わたしが入っていって聞き出そうと思っていた。人は、何もかも暴露させられたときに、もはや嘘はつかないから。

元田はしつこい刑事だから、今度こそ身代金をたどってここまでたどり着くだろうと、そこまで考えていた。

ところが、瀬川をベンツで轢いて、大幅に計画が変わった。舞台を焼肉屋から、このホテルに移したということになる。

だから、難波から大国町に向かわせず、Uターンさせて、梅田まで身代金を運ばせた。

「ロスタイムだ、この野郎」

北別府が、のそりと立ち上がった。

肋骨を痛めていた分、蹴りが浅かったみたいだ。

「殴るの？　蹴るの？」

「俺はサッカー選手だ。蹴り殺してやるよ」

北別府が、わたしの髪を摑んで引きずり倒す。頭を蹴り上げようとした、そのとき。

部屋のドアが開いた。

「キーパーなんだから無理するな」

元田章一が、銃を構えて入ってきた。

「一年ぶりだな。会いたかったぞ」

銃口が、北別府の頭を捉える。

「お前は……」

北別府が反転し、元田章一と向き合った。

元田章一の背後から、女子高生の知子が顔を出した。ショックに打ちのめされたような顔で北別府を睨みつけている。

「やっと、到着してくれたわね」

わたしは、知子の手を借りて立ち上がった。

「このヒントのおかげでな」

元田章一が、銃を構えていない左手を開いた。わたしが元田章一のズボンのポケットに入れたGPSを持っている。「最初は、私を追跡していると思ったが、それだけじゃなかったんだな。君も同じものを身につけていた」

「あなたが、瀬川の妻にたくさん送ったからね。いくつかわたしが預かったわ」

スマートフォンとパスワードさえあれば、このGPSを持っている人の居場所はすぐに追跡できる。わたしが元田の居場所を把握できるのと同時に、わたしの場所も把握してもらうのが可能だ。そして元田は、ちゃんとわたしのもとへたどり着いた。

元田章一が来ないと、今回の仕事は終わらない。

裏社会の人間であるわたしには、北別府と瀬川を逮捕することはできない。かといって、警察にヘルプなど頼めない。元田章一はうってつけの人物だった。きっと、元田章一が、過去のつてを使って警察に繋げてくれる。

そのためには、元田章一にこのホテルの部屋までたどり着いてもらう必要があった。もしものためにと瀬川の妻から預かっていた九個のGPSが役に立ったというわけだ。元田章一に二個のGPSを仕込んだのは、「わたしも同じGPSを〝いくつも〟持っている」というメッセージだった。伝わるかどうかわからないけど、わたしは賭けた。

もちろん、元田章一が、GPSを使って瀬川を尾行していたのは知っての上だ。ただ、瀬川のスーツケースに仕込んでいたGPSは邪魔だった。焼肉屋で、北別府と瀬川が真相を語り切る前に、元田章一が乗り込んできても困る。

「知子ちゃんがいなければ、わからなかった。GPSを同じ箇所に二個も仕込むのは何か意味があるはずだと教えてくれた。スターバックスで落とした銃も、知子ちゃんが拾っていてくれたしな」

女子高生がやるじゃない。

わたしは、眼帯の下の左目で、知子にウインクをした。

「残念です」知子が、ポロポロと涙を流し、北別府に訊いた。「最後に一つ質問させてください。北別府さんが去年の夏頃から浮気をしてたんは、わざとですよね」

北別府の顔色が変わった。下唇を嚙み、目を閉じる。

知子は、北別府を守るような優しい声で質問を続けた。

「瀬川さんの犯行の火の粉が、いつか自分にふりかかるかもしれない。そのとき家族を守るために、わざと浮気して、離婚をしたんやないですか。奏太君のときだって、ギリギリの極限状態で、奏太君の命と家族の幸せを天びんにかけちゃったんでしょ」

「…………」

北別府が、わなわなと震えた。わたしの引き出せなかった北別府の魂を、知子が安々と引き出した。熊みたいに大きな体の北別府が、声をあげて泣き出した。

「隣の部屋で、お前の家族が待っている」元田章一が、哀しげな顔で言った。「最後に挨拶だけしろ」

隣は瀬川の部屋だ。瀬川が病院行きになり、計画を変更したときに、北別府の元妻と駿君母子《おやこ》の待機場所にした。大国町の焼肉屋でもこの方法を使う気でいた。わたしのライダースジャケットに仕込んである盗聴マイクで北別府の告白を拾い、隣の個室で受信機を持っている駿君に聞かせる――。もちろん、今、隣室にいる母子に、この部屋のやりとりは筒抜けだ。

父さんの浮気の本当の理由が知りたい。

それが、わたしの受けた依頼だ。

北別府が、よろめき、ソファに身を沈めた。

「わたしたちは行くわね」

わたしは、知子を連れて部屋を出ようとした。

「月子」元田章一が、呼びとめる。「ありがとう。こんな私に、花を持たせてくれて」

「気にしないで。わたしからのクリスマスプレゼントよ」


ホテルの廊下に出た途端、知子がピタリと泣き止《や》んだ。

わたしは、半ば呆れ顔で、知子に訊いた。

「さっきの質問、隣の部屋にいた駿君にしてくれって言われたんじゃないの」

知子は、ため息とともに頷いた。

「元田さんとここにたどり着いて、ベップの部屋に入ろうとしたとき、突然、隣の部屋から出てきた男の子に引き止められてん。まさかベップの息子さんとは思わんかった。駿君は、隣の部屋にウチらを案内してくれた。そこで、この部屋に盗聴マイクを仕掛けてるって教えてくれたから、ずっとそこでこっちの部屋の話を聞いてたの。ベップの本性がわかったときは、めっちゃショックやったわ。ウチの長年のヒーローやったのに」

駿君に、元田章一と知子を隣の部屋へと案内するよう指示を出したのはわたしだ。計画の変更をメールで送ったときに伝えた。『必ず二人はやってくるから』と。……「必ず」って言いながら、本当は五分五分だと思ってた。でも今日は奇跡が起きると信じていた。

元田章一と知子がすべての真相を知ったのは、隣の部屋だったというわけだ。それまで二人は、北別府が少年を殺したなど夢にも思っていなかっただろう。元田章一が向き合ったピエロが、赤鼻のルドルフではなく北別府だったと知ったとき、瀬川こそが赤鼻のルドルフだったと知ったとき、元田はどんな気持ちだったのだろうか——。

「ところで、椎名はどうしたの？」

「ぶちのめしてやったわ。……え？　何？　もしかして月子さんの仲間だったの？」

椎名には、二人を必ずここへ連れてくるように指令を出していたが、見事この女子高生にやられてたってわけだ。結果オーライだけど。

「ご苦労様。今夜は、早く家族のもとへ帰りなさい」

わたしには、帰る場所がない。

知子が、もう一度、大げさにため息を吐き、言った。

「お腹減った。プリン食べたい」

二つのエピローグ

十二月二十五日　午前一時

十七歳のクリスマス。里崎知子は有頂天だった。

裏切られたと思っていた親友のパピ子と仲直りをした。本当は絶交して一生口を利かないつもりだったけど、知子から電話をしたのだ。今夜の出来事に比べたら、彼氏を取られたことなんて、ほんの些細なことだ。彼には悪いけど。でも、恋よりも大事な思いを見つけてしまった。

ちなみに、「ピンチのたびに、パピ子の言葉に勇気づけられた」ということは、やっぱりちょっと悔しいから言ってない。

大阪。北新地。クリスマスだから、そこら中でいい大人たちが酔っ払っている。サラリーマンが肩を組んで『ジングルベル』を熱唱していた。知子も久しぶりに踊り出したい気分だった。

「あらっ、どうしたん？」

《会員制クラブ　知子》のドアが開き、店の後片付けを終えたママが出てくる。紫のドレスに白いコートを羽織っていた。

「お迎えに来てあげたの」

「ママチャリでかいな？」知子が乗っているボロボロの自転車を見て眉をひそめる。でも、顔は笑っていた。

「ママを運ぶねんからちょうどええやん」

「二人乗りで帰るの？」

北新地から、知子が住んでいる弁天町まではかなりの距離がある。自転車の二人乗りだと、漕ぐほうもうしろに乗るほうも相当疲れる距離だ。

「そう。たまには二人で帰るの」

すべてが終わり、リッツ・カールトンから家に帰った知子は、すぐに熱いお風呂に浸かった。じんわりと右足の痛みから解放されていく。

お風呂から上がると、テーピングでしっかりと右足首を固定した。少し歩いてみると、わずかな痛みしか感じなかった。

チャリンコなら大丈夫か。

知子は、母親とも仲直りをするつもりだった。許すとか許さないとか、そんなことはもうどうでもいい。

ほんのちょっとだけ、ママやパパの気持ちに近づけた気がする。

人生は、とりあえず、体を張るもの。体を張るから、人生なんだ。理由や言い訳ばかり考えて、動こうとしなければ、大事なものに手が届かなくなる。

「重くないの？　ゆっくりでええで」

ママは、知子の荒い運転にきゃあきゃあと黄色い声を上げた。

四ツ橋筋から土佐堀通を右に折れて、我が家へ向かう。寒さで耳と鼻が痛いけど、ママが知子の腰に手を回しながらピタリと体を寄せてくるので、プラマイゼロで心地いい。

ママは思ったより軽かった。命の懸かった身代金を運んだあとだから、そう感じるのだろうか。

「あっ」知子は、リズミカルにペダルを漕ぎながら叫んだ。「凄いことを発見した」

「いきなり、何よ？」

「命を運ぶと書いて、〝運命〟やん！」

「それを言うなら、〝命運〟じゃないの？」ママが揚げ足を取る。「そんなことより、あんた彼氏はどないしたん？　年頃のギャルが中年のおばさんを運んでる場合ちゃうで」

「ウチらって変な親子。一年ぶりの会話がこれやで」

二人は、風の中で、大笑いした。

最高に幸せなクリスマスは、まだ終わらない。そう思った瞬間、ガシャリと自転車のチェーンが外れた。

神様は、何て意地が悪いのだろう。

十二月二十六日　午後一時

「ひかり、俺と別れてくれ」

元田章一は、門の前で、離婚届を手にしたまま呟いた。

東京杉並区の自宅前。快晴の冬の太陽が街を照らしている。元田の表情は硬かった。どう言えば、納得して別れてくれるだろう。

「すまん、顔を変えた」

相談なしに勝手に整形しておいて、納得もへったくれもないか……。

すべてが終わった。北別府と瀬川は、檜山に引き渡した。檜山は嬉しそうに、「これで刑事に戻れますね」と言っていたが、どうしても、戻る気にはなれなかった。

そして、今からすべてを失う。

元田は、震える指でインターホンを押した。一昨日、北別府に銃を向けているときでさえ震えなかったのに。

誰も出ない。もう一度、押す。

家の中から、チャイムの音が聞こえた。恥ずかしい話だが、家のインテリアをほとんど覚えていなかった。この一年間、家を空けていたからではなく、刑事時代も家の中にはいなかった。食卓に座っていても、風呂に入っていても、ベッドで寝ていても、心と頭はずっと仕事中だった。

三度目のインターホンを押そうとしたとき、ガチャリと受話器が上がった。

『どちらさまでしょうか』

……ひかりの声だ。

この家のインターホンにはカメラの映像がついている。ひかりからは、元田の顔が見えているはずだ。

どちらさま、か。

このまま、間違えたふりをして消えるのも悪くない。そのほうが、お互いにとって幸せというものだ。

『警察の方ですか？』ひかりの声が、深刻になる。『主人の身に何かあったんですか』

赤鼻のルドルフが逮捕されたことは、まだ公表されていない。今日の夜のニュースから流れる予定だった。

心配をかけるのは、可哀想だな。元田は、他人を演じることにした。

「元田さんの代理で来ました」甲高い声色を作る。「警視庁の檜山というものです」

『主人は無事なんでしょうか』

「はい。赤鼻のルドルフを逮捕しました」

『今はどこに……』

「少し一人になりたいとおっしゃって旅に出られたんです。家族に心配をかけたくなくて、僕に伝言を託していかれました」

たまには、陳腐な嘘もいい。

『どんな伝言ですか』

「ありがとう、ひかり。君のおかげで前に進むことを諦めずに済んだ。君が足下を照らしてくれたから、闇から脱出できた」

『息子のことは何て言ってました？　長男が結婚するんです』

すっかり、忘れていた。

「もちろん、喜んで許すと言ってましたよ」

『じゃあ、結婚式にも来てくれるわね』ひかりの口調が、ガラリと変わった。『二人はハワイで挙げたいんだってさ』

「……私だとわかったのか」

元田は、インターホンの横のカメラに向かって言った。

『わからないとでも思ったの』ひかりが、茶目っ気たっぷりに笑う。『あなた、刑事の割には嘘が下手ね』

「嘘が下手だから刑事になったんだよ」

『じゃあ、さっそく出発の準備をして。あなたの分は玄関に置いてあるから』

あなたの分？

元田は門を潜り、玄関のドアを開けた。

そんな……。

元田の愛用のスーツケースが置かれていた。すでに荷物は詰められているようだ。

二人の足音が、階段を降りて来る。

「すげえよ、母さん！　どうして、父さんが今日帰って来るってわかったの！」

「マジで超能力者なんじゃないの。だったら、そう言ってよ！」

太陽と輝水だ。

そうだ、ひかりは奇跡を起こせる。

新婚旅行の高千穂峡で、空を覆っていた雲が割れ、太陽の光が射し、真名井の滝が光輝いたように。

もしくは、奇跡のほうから、ひかりに寄り添うのか。

どちらにせよ、ひかりは、こう言ってのけるだろう。

「ほらね。神様はいるでしょ」

そして、得意気に眉を上げる。

この作品は書き下ろしです。原稿枚数424枚（400字詰め）。

悪《あく》夢《む》の身代金《みのしろきん》

木下半太《きのしたはんた》

平成24年10月10日　初版発行

発行人――石原正康
編集人――永島賞二
発行所――株式会社幻冬舎
〒151-0051東京都渋谷区千駄ヶ谷4-9-7
電話　03(5411)6222(営業)
　　　03(5411)6211(編集)
振替00120-8-767643
印刷・製本―株式会社　光邦
装丁者――高橋雅之

幻冬舎文庫

ISBN978-4-344-41924-7　C0193　き-21-10

幻冬舎ホームページアドレス　http://www.gentosha.co.jp/
この本に関するご意見・ご感想をメールでお寄せいただく場合は、
comment@gentosha.co.jpまで。